Unverhofftes Wiedersehen

Thorsten Wilms

# UNVERHOFFTES WIEDERSEHEN

NACH EINER WAHREN BEGEBENHEIT

**Bibliografische Information der Deutschen Nationalbibliothek**
Die Deutsche Nationalbibliothek verzeichnet diese
Publikation in der Deutschen Nationalbibliografie; detaillierte
bibliografische Daten sind im Internet über http://dnb.d-nb.de
abrufbar.





Verlag: BoD · Books on Demand GmbH, In de Tarpen 42,
22848 Norderstedt, bod@bod.de
Druck: Libri Plureos GmbH, Friedensallee 273,
22763 Hamburg

ISBN: 978-3-7693-3905-5

# INHALT

# EIN VORSCHLAG

Man ist erst einmal wieder einigermaßen gesättigt. Tom mag die vegetarische Bolognese zu den Vollkornnudeln richtig gerne. Und man bekommt davon reichlich Nachschlag. Die anderen hatten Fischstäbchen. Die bestehen hauptsächlich aus Panade und schwimmen in Remouladensauce.

»Käffchen, Cafete?«, fragt Marco.

»Unbedingt«, sagen die andern. Keiner hat so richtig Lust, jetzt schon wieder in die Büros der Arbeitsgruppe zurückzukehren. Die vier schwenken in die Cafeteria ein, drücken den Kaffee am Automaten und wählen unter den Köstlichkeiten der Süßkramvitrine.

Die Juristen kloppen wieder lautstark Karten. Und das schon seit heute Morgen. Dieselbe Truppe. Müssen die nicht auch mal was studieren?, fragt sich Tom.

Sie setzen sich wieder an einen Tisch ganz dicht an der Scheibe. Die Cafete liegt direkt über dem Haupteingang der Uni und man kann die Leute kommen und gehen sehen. Dick verpackt, es sind da draußen bestimmt minus zehn Grad Celsius. Kein Wunder Ende Januar.

Sie, das sind die Theoretiker der Arbeitsgruppe. Das heißt, am Computer simulieren sie die Wirklichkeit in Modellsystemen. Tom ist beim Zusammenschreiben seiner

Doktorarbeit und Gandolf liest, was Tom kürzlich produziert hat. Es gilt, einerseits einen Befund zu beschreiben, der zu interessant ist, um nicht herausgestellt zu werden, und der sich andererseits allen physikalischen Erklärungsversuchen widersetzt. Eine knifflige Stelle. Gandolf, in jeder Generation musste ein Sohn der Mühlenwegs so heißen, ist der theoretischste der Truppe und hat am wenigsten Haupthaar. Was vielleicht daran liegt, dass er beim Denken mit der rechten Hand kreisend über das große Haupt fährt. Wahrscheinlich hatte er im Laufe der Zeit immer mehr Kalottenfläche freigemäht. Außerdem prüft er, gedankenverloren, zwischendurch immer, ob er genug Druck auf seinen Bizepsen hat. Eine merkwürdige Angewohnheit.

»Messen kann man das nicht, oder?«, fragt er den Verfasser.

»Nein, das geht bisher nicht wegen kappa hoch n und n ist mindestens 2,5, jedenfalls in dem Frequenzbereich, den ich simulieren will.«

Gandolf brummt Verständnis.

»Wart mal, die Münchner hatten doch kürzlich dazu was in der Richtung publiziert, oder?«

»Ich darf unsern Herrn Professor diesbezüglich zitieren«, entgegnet Tom: » Diese Stinkstiefel besitzen die Frechheit, die hochangeregten Zustände einfach nichtrelativistisch *abzuschätzen*, und deren Potentialansatz ist von *geradezu kindlicher Naivität*.«

»Der Effekt ist jedenfalls echt«, bestätigt Gandolf, »alle deine numerischen Verfahren konvergieren immer auf das gleiche Ergebnis. Das ist schon gediegen.«

Das wusste Tom selber. Fragt man einen Kollegen etwas zum eigenen Spezialgebiet, kommt der eigentlich immer nur mit dem an, was auch im Lehrbuch steht. Aber vielleicht würde Gandolf Formulierungen finden, die der Chef schlucken würde, ohne noch ein paar Wochen Rechnerei und Denkerei anzuordnen.

»Da hinten kommt Jenny«, meldet Marco.

Tom dreht sich um. Sie hat diese enge grüne Samthose mit dem schrägen, goldenen Reißverschluss an. Dazu eine kühl wirkende dunkelblaue Seidenbluse, die so geknöpft ist, dass man gerade den Ansatz ihres schwarzen BHs sehen kann. Und diese eleganten braunen Stiefelletten mit ganz schön viel Absatz. Ob zu viel Absatz, ist eine Frage der XY-Ausstattung, des Hormonspiegels und der orthopädischen Kenntnisse.

Marco trommelt etwas Unrhythmisches auf dem Tisch und singt: »Too sexy für Chemie, too sexy für Physik, too sexy für den Tom. Und jetzt alle!«

»Ach, hör doch auf damit!«, antwortet der genervt.

Nachdem sie sichergestellt hat, dass Tom sie gesehen hat, bleibt Jenny einige Tische weiter entfernt stehen, das Becken vorgeschoben, und begrüßt strahlenden Angesichts diesen habilitierten Heini von der germanistischen Fakultät. Der, breit und bräsig wie er dasitzt, darf ihr natürlich den Arm um die Hüfte legen.

»Oh, das sieht nicht gut aus, gar nicht gut«, kommentiert Marco.

Alexander, der bislang nur still mit dem Taschenmesser seinen fettglänzenden Nougatkringel zerteilt hat, blickt Tom mit seinen großen, braunen, traurigen Augen an und stellt fest:

»Schade, dass Jenny mit dir Schluss macht, echt Jammer, Mann. Take it easy.«

»Alexandr Jewgenjewitsch, du bist einer der führenden

Spezialisten für Transformationen von Fett in Torusform, aber von gewissen Dingen hast du keine Ahnung«, wehrt Tom den Gedanken ab.

Bevor Tom noch weiter protestieren kann, ist Jenny am Tisch der Vierergruppe angelangt.

»Hallo, Simulanten! Ja, der Sven da drüben, der hat eine Assistenzprofessur in Wyoming in Aussicht. Sven hat's echt drauf! Marco, glotz nicht so! Alex, wie alt bist du eigentlich? Fünf? Gandi, schon mal über ein Toupet nachgedacht? Tom, kann ich Dich mal kurz alleine sprechen? Kannst mich zu meinem Spind begleiten. Dauert nicht lange.«

»Aha, Wyoming. Seit wann lesen Rinder denn Goethe?«, fragt Tom.

»Nee, Rinder nicht, aber Buffalo Bill,« platzt es aus Marco heraus, der sich darüber selbst halb tot lacht.

»Ach Thomas, was weißt denn du von Amerika! Wo machst du Urlaub, in Österreich? Du willst einfach nicht aus Deinem Schneckenhaus herauskommen. Ähm, jetzt kommst du mal mit zu meinem Schrank!«

Und, was wollte sie, sagen die fragenden Blicke, als Tom zurückkommt.

»Sie hat Schluss gemacht. Ich sei ja so ganz nett und höflich und zuverlässig. Aber so einer wie Sven,...«

»Der hat's echt drauf«, ergänzen die anderen. »Und du nicht so«.

»Sie steigt jetzt ganz groß ins Hotelbusiness ein, vermutlich auch in Wyoming«, informiert sie Tom noch.

»Es ist so typisch, dass du auch bei deinem Forschungskram nicht in der wirklichen Welt bist. Literatur, ja die spiegelt das echte Leben wider. In dem nicht alles genau planbar ist, so wie du das immer versuchst. Aber du, weißt du was, du willst einfach eigentlich nicht leben!«

Hatte sie auch noch konstatiert. Das sagt Tom seinen Kumpels natürlich nicht.


Alexander setzt noch einen letzten kühnen chirurgischen Schnitt.

»Fertig!«

Die anderen blicken auf die Kringelsegmente.

»Was soll das darstellen?«, fragt Gandolf. »Die Navier-Stokes-Gleichung?«

»Das ist ein Kätzchen, das sieht man doch«, antwortet Alexander.

Und fährt fort: »Mein ehemaliger Mitbewohner, der Taxidriver, hatte echt Sportsgeist. Als seine damalige Hauptfreundin ihn abserviert hatte, ist er ihr bis New York nachgereist!«

»Im *Yellow Cab*!«, bricht es aus Marco heraus und er beginnt schon wieder zu lachen.

»Marco, ist gut jetzt«, sagen die anderen.


»Apropos USA. Erstens. Der Chef und Lars sind nächsten Monat eine ganze Woche auf Tagung, nicht nur über Rosenmontag und Dienstag. Die fahren schon an Weiberfastnacht. Nicht in die USA, sondern nach UK, ich glaube Cardiff, und dann noch nach Edinburgh zum Messen. Zweitens. Das Rechenzentrum kriegt in jener Woche die neue Maschine. Still wird der See ruhen. Wenn ihr also Langläufer habt, müsst ihr zusehen. Ist nicht mehr so lang hin. Ach ja, und wenn der Chef wieder da ist, gleich

Montag Punkt 10 erwartet er die Präsentation des Standes unserer Arbeiten!«

»Danke, *Gandi*.«

»Gandolf, *suffer fools gladly*«, meint Alexander mit Blick zu Marco.

Der Chef, das ist Professor Schmidt, und sein akademischer Oberrat Dr. Lars Rüter wären also demnächst für ein paar lange, schöne Tage abwesend. Schmidt würde sich bei der Gewährung von ein paar Tagen Urlaub so kurz nach den Weihnachtsferien mit Sicherheit anstellen.

»Was unser Prof nicht weiß, macht ihn nicht heiß. Thomas«, rät Alexander, »mach mal was ganz Spontanes, zeig's ihr. Nimm den Nachtzug nach Heilbronn, zum Beispiel.«

»Heilbronn?«, fragt Tom.

»Na ja, bei Amsterdam stimmt die Silbenzahl, es reimt sich aber nicht.«

Die anderen wissen, wenn man um eine Erläuterung bäte, bekäme man einen langen Vortrag über eigenartige literarische Werke zu hören. Sie wollen das jedoch nicht, und fragen nicht nach.

»Da kannst du bestimmt 'n guten Riss machen, in Heilbronn. Das musst du jetzt zugeben, Tom, von Frauen versteht unser Sascha etwas«, stellt Marco abschließend fest.

Abends ist es nasskalt. Die Kälte, die so richtig durchdringt. Auch an diesem Freitagabend fährt Tom trotz der kalten Jahreszeit mit dem Fahrrad von der Uni nach Hause. Im Bus und in der Straßenbahn stehen die Leute dicht zusammen und husten und niesen, was das Zeug hält. Außerdem fährt er für sein Leben gern Rad. Trotz allem. Trotz ewigem Winterhusten, Halskratzen und hohem Taschentuchverbrauch.

Wohin mit dem Schnee in der City? Auf die Radwege natürlich. Wieder einmal ist alles voll damit. Festgefrorene Spuren darin, fast wie Gleise, und dann wieder matschig rutschige Stellen. Ein kleiner Moment der Unaufmerksamkeit, etwas zu schnell, da ist nichts mehr zu wollen, das Vorderrad schlägt zu weit ein, und Thomas schmiert kontrolliert zur Fahrbahnseite hin ab. Nix passiert. Er liegt noch, da passiert ein PKW die Eiswasserpfütze gleich nebenan und eine volle Ladung Wasser und Schneematsch überschüttet Rad und Radler. *Winter in the city, can be pretty shitty*!

Seine Wohnung liegt in der Altstadt mit Blick auf die belebte Straße und die gegenüberliegenden Geschäfte unter den Bögen. Der Schreibwarenladen, das Wettbüro und das Reisebüro. Der Buchmacher hat bis in den späten Abend geöffnet und wird von ungewöhnlichen Erscheinungen aufgesucht. Tom war sogar ein Mal dort gewesen. Marco wollte unbedingt wetten, traute sich jedoch nicht allein in eine solche Lokalität. Also gingen sie alle drei, Marco, Tom und Alexander, und Alexandr mit seinem russischen Akzent musste die Wette platzieren. *Against all odds* hatte das Ross sogar gewonnen.

In dem Schreibwaren- und Krimskramsladen mit Posthalterei war er Jennifer zum ersten Male begegnet. Sie kaufte Briefmarken und er hatte ein Buch zu versenden. Das war jetzt immer ein bisschen sehr blöd, hinunterzusehen auf den Laden und an Jenny zu denken.

Wyoming, Jenny beim Square Dance, wirbelnde Boots

und schwingende Skirts. Tom quält sich oft mit erotischen Phantasien mit Jenny in der Hauptrolle. Jenny konnte in gewissen Momenten sehr direkt sein.

Und er fragt sich leider viel zu oft, was das mit Jenny überhaupt gewesen war. War er nur ein Name in *her welcome book, a feather on her hat*? War er für Jenny der bunte Vogel gewesen, der, anders als deren übliche harte Männer, seine Wäsche sortierte und verfärbungsfrei und in Originalgröße wusch, schmackhafte Nahrung bereiten konnte und seine Schuhe reinigte?

Auf den Freitag folgt ein Samstag. Also länger schlafen, in Ruhe frühstücken, ein bisschen durch die Altstadt bummeln und ein wenig einkaufen. Wieder in seiner Wohnung, bereitet Tom sich etwas zu essen. Zucchini, frische Tomaten, getrocknete Tomaten, Zwiebeln, schwarze Oliven *façon grec* und zwei Pakete Feta, Olivenöl dazu und ab in den Backofen, dazu Pide und ein Andechser.

Nach dem Essen will er im Sessel ein bisschen lesen, döst jedoch ein.

Erwacht, rafft er sich zu etwas Training auf. Das Fernsehen simuliert menschliche Gesellschaft. Liegestütze, Hantelarbeit, Expanderziehen, gerade so viel, dass die Muskulatur über den Winter nicht abbaut.

Im Fernsehen brilliert der *Mentalist*.

In besagter Woche einfach mal unbemerkt zu verschwinden ist ein Gedanke, der ihn beschäftigt. Aber er hat sich definitiv gegen Heilbronn entschieden.

Schottland im Februar? Nasskalt. Oder Wales, der Snowdon, die Zahnradbahn geht von Llanberis aus. Wie spricht man dieses *ll* nochmal aus? Na ja, das kommt ja jetzt ohnehin nicht in Frage, man durfte dort dem Chef und Lars natürlich nicht über den Weg laufen.

Patrick Jane ist mit Lisbon im Orange County unterwegs. Kalifornien im Februar, schon besser, *I should wear some flowers in my hair*. Jenny würde vielleicht Augen machen!

So, Schluss mit Sport. Ich kann mich doch sehenlassen, findet Tom. Er setzt sich Teewasser auf und holt den Kuchen aus dem Kühlschrank.

Dann zappt er bisschen herum. *50 erste Dates*. Das scheint eine Liebesgeschichte auf Hawaii zu sein. Es wäre schön, wenn man noch mehr von der Insel sähe, denkt Tom. Riesige Brandungswellen, Vulkane, Ananasplantagen, das ist doch typisch? Tom ist sich nicht ganz sicher. Auf jeden Fall Outriggerboote, Katamarane, Surfer, und alle Besucher bekommen zur Begrüßung diese Blumenkränze um den Hals gelegt. *Tom und das Hulamädchen*, ein Film von Rosamunde Traumer …

Thomas Windmann, 28, simuliert sogar die Südsee, denkt Tom. Frau Mundt, seine nette Vermieterin, die im gleichen Haus im Erdgeschoss wohnt, würde sich gerne wieder um seine paar Pflanzen kümmern. Frau Mundt ist ein paar Mal im Jahr zum Wandern fort, und dann ist Tom der Catsitter für Balu. Füttern, spielen, abends auf dem Sofa eine Weile Bäuchlein kraulen, ja, und natürlich Katzeklo, Katzeklo macht bekanntlich die Katze froh.

Reisepass? Selbstverständlich hat Thomas einen gültigen Reisepass. Der liegt ordnungsgemäß in der obersten Schublade des Rollcontainers in seinem roten, mit Blumen handbemalten Holzkistchen. Eine frühe gestalterische Arbeit von Thomas Windmann. Professor Schmidt hatte darauf bestanden, dass alle Mitglieder seiner Arbeitsgruppe einen gültigen Reisepass besitzen. »Stellen Sie sich bloß vor, Sie würden ans MIT oder Caltech eingeladen, ihre Ergebnisse vorzutragen, und Sie müssten absagen, weil Sie keinen Reisepass besitzen!«

Er war gleich andern Tags losgestürzt, biometrische Passfotos im Drogeriemarkt machen zu lassen, und hatte sich auf dem Passfoto mit einem großkarierten Hemd und der betagten grauen Strickjacke, die mit dem aufgeribbelten Bündchen und dem intensiv gelben Currysoßenfleck drauf, verewigt, wer betrachtete schon ein Passfoto nach modischen Gesichtspunkten. Bloß nicht den Eliteunis absagen müssen.

Gut, gut, die Sache nimmt doch langsam Gestalt an. Er kauft sich einen aktuellen Reiseführer, schmökert mit zunehmendem Vergnügen darin und sein Reiseziel steht fest.

Visum, fällt es Thomas plötzlich ein. Mist! Das dauerte doch bestimmt monatelang, bis der *Secret Service* oder wer auch immer einen überprüft hätte. Aber schnell stellt er übers Internet fest, dass man nur die ESTA-Einreisegenehmigung benötigt. Die kann man online beantragen. In 72 Stunden ist die ausgestellt.

Das Reisebüro hat noch geöffnet.

# HINREISE

Die Nacht ist eiskalt, wie die Nächte zuvor. Die Tage sonnig. Und hoch liegt der Schnee. Im Radio ist eindringlich vor Straßenglätte durch überfrierende Nässe gewarnt worden.

Ein letzter Blick in der Wohnung herum. Es gibt nichts, was Frau Mundt nicht finden dürfte, sollte er das große Abenteuer nicht überleben. Koffer und Handgepäck stehen parat, Euros und die druckfrischen, sehr eigenartig riechenden Dollarnoten sind gut verteilt im Brustbeutel, im Bauchgürtel und der Geheimtasche in der Hosentasche der Outdoorhose deponiert. Laut Reiseführer würde er problemlos mit der EC-Maestrocard Bargeld abheben können. Die Reisedokumente hat er griffbereit in der Cargotasche. Die Unitasche mit den Unterlagen, ein paar Folien, für den Fall, dass der Projektor mal wieder »ausgeliehen« ist, und die Vortragsskizze für den Chef um 10 Uhr am Montag stehen griffbereit. Ach, es ist viel Zeit bis dahin.

Pünktlich um 4 Uhr am Sonntagmorgen geht es mit dem Taxi zum Flughafen. Zügig auf der linken Spur.

»Die da so rumschleichen, die haben alle keine vernünftigen Reifen drauf. Oder die haben einfach Schiss. Ist super fahren, die Autobahn wird doch gestreut.«

Spricht der Taxifahrer und legt noch einen Zahn zu.

Das Boarding verzögert sich. Das Freiräumen der Startbahn dauert länger als erwartet. Endlich. Tom kommt

zwischen zwei Herren im Geschäftsanzug mit Akten-
koffer, dem sie sofort ihre Laptops entnehmen, zu sitzen.
Tom seinerseits hat sich bewusst dagegen entschieden, sein
Notebook mitzunehmen. Er will sich eine Auszeit von seiner Forschung nehmen und gar nicht erst in Versuchung
kommen, doch wieder über seinen Ergebnissen zu grübeln.
Oder schlimmer: »Herr Windmann, was kritzeln Sie da
auf dem Flipchart herum, der Beamer steht zu Ihrer freien
Verfügung, wo ist Ihr Notebook?«

»Ähm, Herr Schmidt, das hab ich versehentlich liegen-
lassen, *my notebook is* noch *over the ocean.*«

*Better safe than sorry.*

Sein Sportgerät bleibt auch besser zu Hause. Bei der
Durchleuchtung könnte es Probleme geben und überhaupt
ist am Zielort wohl Golf die angesagte Sportart.

Flugzeugführer, geh an! In Heathrow warten sie nicht!
Aber denkste. Denn nun verkündet der Bordlautsprecher,
dass die Tragflächen enteist werden müssen. Die grauen Herren rechts und links wirken zwar unbekümmert, doch Tom
sieht immer häufiger auf seine Armbanduhr. Die Aussicht,
in London zu stranden, lässt ihn stets unruhiger werden.
Heathrow könnte für ihn unter ungünstigen Umständen ein
heißes Pflaster werden, wegen Prof. Schmidt und so.

Beim Landeanflug auf Heathrow kann Tom sehen, dass
hier in Südengland so gut wie kein Schnee liegt. Der Anblick
des grünen Grases muntert ihn irgendwie auf.

Ha, Greenwich-Zeit, fällt es ihm ein. England ist immer
eine Stunde zurück. Wir sind pünktlich.

»*Good morning, you are going to Los Angeles?*«, sagt
die dunkelhäutige Zollbeamtin, Angelees mit langem i. Und
lächelt, als sie seinen *passport* prüft.

»*You know, you don't have to wear exactly the same outfit as on the photograph, do you?*«

»*Ay ma'am, thank you. I'm from Germany.*« Genial doofe Antwort. Was soll's. Er würde den *customs officer* nie wiedertreffen.

Im Shuttlebus versucht Tom, genau so lässig, entspannt und reiseerfahren zu wirken wie die Leute um ihn herum. Dabei hat er ständig Angst, irgendwo falsch abzubiegen, wofür es nicht wirklich viele Gelegenheiten gibt, und prüft viel zu oft nach, ob seine Papiere noch da sind.

›Ach, was ein Zufall! Jenny!‹

›Was, ich? Ich muss auch mal eben in die Staaten, weißt ja, wie's gehen kann.‹

Tom seufzt. Und nee, so toll wär das jetzt auch gar nicht, wenn Jenny wirklich mit im Shuttlebus wäre, echt nicht.

Interessant, denkt er. Alle Shuttlebusfahrer sehen indisch aus und tragen Turban. Sind das alles Sikhs?, fragt er sich. Offenbar handelt es sich um Nachwirkungen des British Empire.

Auch in einer B 747 wird die Zeit lang. Die Speisung bringt ein wenig Abwechslung. Man döst, nimmt ein Getränk, beobachtet die anderen Fluggäste. Die mittlere Toilette wird frei.

Tom stimmt sich mit seinem Reiseführer noch ein wenig mehr auf das Ziel ein.

Das Flugzeugsymbol kommt nur sehr langsam auf der Karte im Display voran.

Warum sieht die Tag-und-Nacht Grenze so geschwungen aus? Ach ja, durch die Projektion auf die Fläche erscheint der Terminator so verzerrt sinusartig, gibt Tom sich sofort die Antwort. Und überlegt, wie man ein Bild von

Schwarzenegger sinusartig verzerren könnte. Und schläft wieder ein wenig.

Wirklich lang, dieser Flug. Andererseits, man fliegt kurz nach 10 Uhr morgens in London ab und ist gegen halb zwei am frühen Nachmittag in Los Angeles, hier, um genau zu sein, am LAX, Tom Bradley International Terminal. Er fühlt sich erstaunlich frisch. Noch.

Das TBIT soll für unerwartet viele Stunden Toms neues Zuhause werden.

Zuerst hat alles sehr gut ausgesehen. Nein, nein, weder *business* noch *intention to work in the US. »I'm on vacation! Er, a kind of spring break, sir.«* Ein gut gelaunter Officer Lancaster wünscht ihm *a great time on Hawaii.* Und die hatten jetzt seine Fingerabdrücke und ein Foto von ihm. Mit Currysoße.

Was man von diesem Teil von LA erhaschen kann, ist unspektakulär. So etwas wie niedrige, grasbewachsene Dünen, ein paar bescheidene Palmen. Parkplätze.

Tom kauft sich bei einer schottischen Frittenbraterei ein Schälchen Pommes. Die Abfertigung geht rasend schnell. Vom Warten auf den Weiterflug, also Auf- und Abgehen, Sitzen und dabei wieder Leute-Beobachten und vom Wie-ein-Luchs-Aufpassen, seine *items* nicht *unattended* zu lassen, auch nicht auf Spanisch, *no abandonen su equipaje, por favor*, abgesehen, bleibt *the purchase of french fries* seine einzige größere Unternehmung. Je weniger Aktivität, desto geringer das Risiko für unwillkommene Zwischenfälle. Klar, *a visit to the privy*. Ein buntes Völkchen dort. Auf der zentralen Promeniermeile natürlich auch. Ein Pulk junger Erwachsener lagert sich um einen WLAN Hotspot. Ein junger Mann mit Rauschebart, im weißen Hemd und dunklen Anzug mit schwarzem Hut, schiebt eilig einen Vintage-Kinderwagen. Tom hält Ausschau, doch ein kleiner Amishjunge mit Strohhut und Hosenträgern will sich nicht zeigen.

Nicht der Schlag eines Schmetterlingsflügels, sondern ein Schneesturm in der fast 2000 km entfernten Region Dallas / Fort Worth bewirkt, dass der Weiterflug Stunde um Stunde verschoben wird. Man wartet auf die Maschine aus Texas.

*A fair haired airport police officer* lächelt Tom schließlich zu, *when they meet on their beat.*

Sie bleibt stehen, spricht mich an, wir plaudern, ›*from Germany, behold, a physicist, great, I do love science*, meine Schicht endet gleich‹ – Tom Windmann, lass das Träumen sein, *hullabaloo belay.*

Etwas Phantasie ist aber erlaubt, gesteht sich Tom zu. Außer Frau Mundt weiß keiner, dass ich auf großer Reise bin. Offiziell kuriere ich zu Hause einen fiebrigen Infekt aus. Hier kennt mich kein Mensch. Es ist in gewissem Sinne sogar eine echte Zeitreise. Ich könnte ein bisschen so tun, als ob ich ein anderer wäre.

Hier ist es erst Nachmittag, doch unser Reisender wird schlagartig hundemüde und schläft in einem der vermutlich absichtlich unbequemen Drahtsitze fest ein.

Als er erwacht, fühlt er sich deutlich erfrischt. Nichts verpasst, wir warten immer noch auf die Maschine aus Texas. Aus dem *travel guide* versucht er, ein paar typische Floskeln zu lernen. Ach, das würde sich vor Ort schon ergeben. Im richtigen Leben!

Er sieht sich um. Ihm bietet sich das inzwischen schon gewohnte Bild.

Zwei Bankreihen weiter vorn sitzt vis-a-vis ein Paar.

Beide vermutlich in ihren Fünfzigern, obwohl, sie eher Ende vierzig, eine aristokratisch wirkende, nordisch kühle Dame, genau richtig gebräunter Teint. Schon ein Hingucker, in einem angenehm schlichten und deswegen wahrscheinlich richtig teuren Kleid und neben ihr ein Herr mit Mathematikerschädel, in grauen Flanellhosen und einem dunkelgrünen, bequem aussehenden Cordsakko. Er ist vermutlich der gemütliche Typ. Sie hingegen wischt ständig am Smartphone, blickt wieder hinüber zur Anzeigentafel und alles an ihr scheint auszudrücken: Wie lange dauert das denn noch? Vermutlich sagt sie ständig zu ihrem Begleiter: »Ich verstehe nicht, wie du so ruhig dasitzen kannst!«

Ein Ehepaar, denkt Tom. Sie passen nicht mehr so ganz zueinander. Mr. and Mrs. Karenin. Aber was geht's mich an.

Die spärliche Unterhaltung der beiden kann er nicht verstehen. Sie scheint ein Kommando zum Aufbruch gegeben zu haben, sie gehen los. Da sieht Tom, dass dem Herrn sein Herrenhandtäschchen, das er auf seinen Handgepäcktrolley gelegt hatte, unbemerkt heruntergefallen und vor der Sitzbank liegengeblieben ist.

Tom springt auf, nimmt das elegante, lederne Täschchen und läuft den beiden hinterher.

Diese Dinger sind doch einfach nur albern, denkt er.

*»Hej, sir, your, er thing, handbag, sir, elder gentleman, you in the green jacket, wait a moment.«*

Das zeitigt nicht die erhoffte Reaktion. Vielleicht fühlt Greenjacket sich ausgesprochen jung und nicht angesprochen.

Das Paar entfernt sich recht schnell und Tom droht die beiden in der Menge der anderen Reisenden aus den Augen zu verlieren.

Er öffnet im Hasten die Tasche.

Ah, Reisedokumente, Moment, Dr. Carl Schulz. Nun eben auf die harte Tour. Der Zweck heiligt die Mittel. Er hält das Täschchen hoch und ruft: »Herr Dr. Schulz! Ihr Handtäschchen brennt!« Auf Deutsch. Viele Häupter wenden sich ihm zu.

Tom überreicht dem Herrn die Fundsache. Die Frau steht schmallippig und *akimbo* daneben.

»Sorry, ich hab nur ganz kurz reingeguckt, nur um zu sehen, ob ein Name …«

Es entsteht die bekannte peinliche Pause.

Um etwas zu sagen, fragt Tom:

»Und Sie sind Mediziner, Dr. Schulz?«

»Charley ist ein Computerfuzzy, junger Mann«, informiert ihn die Aristokratin.

»Man sagt heute Computernerd, Lydia«, erwidert ziemlich lahm ihr Begleiter.

»Ach was, papperlapapp, du bist ein Computerfuzzy! Und du findest mich im *Duty Free Beauty and Spirits*!«

Sprichts und schreitet davon.

»Ich bin seit einigen Jahren bei der *Cloudius Company*. *Alles in der Cloud* ist ja jetzt groß im Kommen. Ja, meine Frau hat insofern recht, als ich inzwischen fast nur noch am Rechner arbeite. Von Haus aus bin ich eigentlich Physiker. Mit den ganzen Business-Leuten aus der Truppe hier habe ich nur sehr indirekt zu tun.

»Physik betreiben Sie aber nicht mehr, oder?«, wirft Tom ein.

»Ja, nein. Ich arbeite an der Verallgemeinerung von Prozessabläufen, z.B. für die *real time* Analyse strukturell isomorpher Abläufe bei unterschiedlichen Customern. In

Kooperation mit den Datenbankleuten. Da tut sich übrigens richtig etwas, sage ich Ihnen! Es macht Spaß, ich werde gut bezahlt, man lässt mir Freiräume zum »Spielen« und irgendwie habe ich es wohl geschafft, dass ich hier beim diesjährigen *Winners' Circle* dabei bin. Entschuldigung, dass ich so viel rede, das ist eigentlich nicht meine Art. Ich glaube, Lydia könnte gar nicht sagen, was ich so treibe.«

Tom strahlt. »Und ich bin in der Endphase des Zusammenschreibens meiner physikalischen Dissertation! Zufälle gibt's.«

»Woran haben sie geforscht?«, fragt Dr. Schulz und man glaubt so etwas wie leise Sehnsucht zu spüren.

»Ach, ziemlich theoretisches Zeug, Vielteilchensystemsimulationen, statistische Thermodynamik, bin's eigentlich leid.«

»Das ist so, wie hieß das noch, der Mori-Zwanzig Formalismus?«

Tom nickt.

»Ich sag Ihnen was, damit haben Sie eine imponierende mathematische Furchtlosigkeit unter Beweis gestellt, aber auf die Dauer springt einem dabei der Draht aus der Mütze. Hier in der Company stellen sich natürlich auch Herausforderungen, aber immer sehr anwendungsbezogen, und mir gefällt das, muss ich sagen.«

Pause.

»Haben sie schon eine Stelle in Aussicht?«

Tom verneint. Diese Reise sei zum Luftholen und Abschalten, dann wolle er möglichst schnell promovieren und dann mal sehen.

»Machen Sie's gut, junger Mann, hat mich gefreut. Und

danke nochmal! Alles Gute für Ihre Promotion. Ich muss
dann jetzt wohl zum *Duty Free*!«

Wenig später ärgert sich Thomas ein wenig. Ich hätte den
netten Dr. Schulz doch fragen können, ob er Tipps für eine
aussichtsreiche Bewerbung als Berufseinsteiger Physik für
mich hat. Jenny warf mir auch immer vor, ich sei so zöger-
lich und unspontan.

Er denkt an ein paar gute Leute, die nun als bessere
Programmierer im fensterlosen Untergeschoss einer Bank
oder einer Versicherungsgesellschaft ihr Leben im Kunst-
licht fristen.

Da vernimmt Tom einen ständig lauter werdenden deutschen Gedankenaustausch.

»Ja, die Sachen sind ja wieder da. Ich wollte sowieso
lieber die Cargohosen auf dem Flug anziehen, dann wär
das gar nicht passiert. Diese Herrenhandtäschchen sind
ohnehin albern. Siehst du noch irgendjemanden sonst hier
damit herumlaufen? Aber ich muss ja was hermachen, als
dein Begleiter! Die reist nicht neben einem Mann in diesen,
ich zitiere Elektrikerhosen.«

Irgendwie scheint das Lydia zu veranlassen, erst in ihrer
großen, schicken Handtasche herumzuwühlen. Und dann
öffnet sie, wo sie gerade auf dem Boden vom Tom Bradley Terminal steht oder besser sich hingekniet hat, ihren
Handkoffer und kramt immer hektischer darin herum. Tom
kann nicht umhin, ihre sehnigen, schlanken Beine mit den
*silky hold-up stockings* zu sehen. Verdammt sexy für ihr
Alter, findet Tom. Und schämt sich. Mehr oder weniger.
Und guckt mehr oder weniger weg.

Was sie ihrem Gemahl nach offenbar erfolgloser Suche zuzischt, ist nicht zu verstehen, wohl aber dessen Antwort:

»Wir hatten ausgemacht, eigentlich hast du das ausgemacht, dass dieses Mal jeder seine Sachen für sich packt und dafür verantwortlich ist, einschließlich aller notwendigen Dokumente für den Weiterflug.«

Wortlos packt Lydia ihre *items* wieder ein und geht davon. Hält inne, gönnt ihrem Ehemann noch einen letzten Satz und verschwindet endgültig. »... sowieso lieber nach *Baja California*...« kann Tom verstehen.

Armer Dr. Schulz, denkt der.


Los, guck dir das Terminal an, was soll dir schon passieren, ermuntert sich Tom. Er wandert zwischen den Geschäften umher. Lego, Beautystuff, echt, ein Sockenshop, und bei Socken muss er wieder an Lydia denken. Echt Alter, was ist los mit dir, fragt er sich.

Er geht zu den *travel must haves* hinein, sieht sich um, nee, es geht auch ohne ... und wäre fast mit Lydia zusammengestoßen.

»*You look gorgeous, Mrs. Schulz*!«, entfährt es Tom, ein wenig unüberlegt. Zu spontan gibt es auch.

Machte er jetzt einen auf *hungry eyes*? Bei einer wildfremden Frau? Was ist los mit dir, fragt er sich ein zweites Mal. Wär ich besser nach Heilbronn gefahren?

»Kommt da noch etwas?«, erkundigt sich Mrs. Schulz mit unbewegtem Gesicht.

»Ich wollte nur sagen, ich finde Sie nett, Sie und Ihren Mann.«

Tom hält ihrem Blick stand.

»So, finden Sie«, erwidert sie abweisend. Doch dann

lächelt sie auf einmal und sagt: »Entschuldigen Sie, dass ich so kurz angebunden war. Gut, dass Sie aufgepasst haben und meinem Mann die Tasche zurückgeben konnten.«

Sie kommt nahe und nimmt seine Hände fest in die ihren.

»Und passen Sie noch bitte ein bisschen auf meinen Charly auf, falls möglich. Er ist ein Mathegenie, aber ein zuweilen sehr zerstreutes Genie. Dass er in den richtigen Flieger steigt, meine ich. Wie heißen Sie eigentlich?«

»Windmann, Thomas Windmann.«

»Adieu, Tom, gute Reise!«

Er sieht ihr nach. Warum auch nicht.

So der mütterliche Händedruck war das aber nicht, versucht Tom sich vor sich selbst zu rechtfertigen.


Und macht sich auf die Suche nach dem Genie. Und eröffnet nach Auffindung des Gesuchten mit: »Ach, Dr. Schulz. Die Gemahlin immer noch bei *duty beauty*?«

»Nein, ich fürchte, sie hat bereits Segel gesetzt in Richtung *Baja California Sur*. Ausgerechnet Mexiko! Na ja, sie ist zu klug, um wirkliche Dummheiten zu machen. Sie kann schon auf sich aufpassen. Hoffe ich.«

Was soll man darauf antworten?, fragt sich Tom.

»Was war denn eigentlich Ihre gemeinsame Destination?«

»Hawaii natürlich, also Maui. Dort findet für die Company der diesjährige *Winners' Circle* statt. Wie kann man nur stattdessen nach Mexiko wollen!«

»Dann laufen wir uns dort vielleicht einmal über den Weg. – Na klar, Sie warten auch auf die Maschine aus Texas!«

Dr. Schulz überlegt.

»Mori-Zwanzig-Formalismus, nicht wahr?«

»Gewiss, und sie ermahnten mich, von wegen Draht aus der Mütze und so.«

Rede ich zu flapsig?, sorgt sich Tom doch ein wenig.

»*D'you know what*, wollen Sie mein neuer *special guest* sein?«

Dr. Schulz erläutert, dass er der *winner* sei und einen *special guest* auf die Reise mitnehmen dürfe. Auf Kosten der Company.

»Herr – ja, wie heißen Sie eigentlich?«

»Thomas Windmann, das habe ich doch schon Ih-, äh, mich die ganze Zeit Ihnen schon vorstellen wollen.«

Also Herr Windmann könne unbesorgt sein, sie hätten getrennte Zimmer, denn Lydia, seine Frau, habe darauf bestanden, sogar in einem anderen Hotelflügel zu logieren, also, *no problem*. Man laufe sich nicht ständig über den Weg.

Tom überlegt: Spontan sein, nicht alles ist planbar. Das ist auch gut so.

»Verzeihen Sie, ich habe mein Notebook absichtlich nicht mitgenommen, ob ich vielleicht einmal kurz Ihren Laptop, checken, ob ich mein Pensionszimmer bei *Longboard Bill's* kurzfristig stornieren kann? Danke, ich setze mich da vorne hin. Bis gleich.«


Tom versucht, jetzt schnell zu denken: Bin ich im Begriff, auf einen Trickbetrug hereinzufallen? Lydia und Carl sehen doch ganz glaubhaft aus. Er wusste etwas mit Thermodynamik anzufangen und von irgendeiner Vorauszahlung jetzt gleich für die Umbuchung des Spezialgastes ist ja keine Rede, überhaupt, wie sollte der Betrug funktionieren? Die Stornierung seines Zimmers wäre kein Problem.

»Ähm, Dr. Schulz, Sie sind doch Physiker. Durch einen kurzen Ruck an einer 2 Lichtsekunden langen Stange könnte man doch diese Information entgegen dem Postulat der Speziellen Relativitätstheorie an einen 2 Ls entfernten Ort mit Überlichtgeschwindigkeit bringen, nicht wahr?«

»Es gibt keine starren Körper. Das ist bekanntlich eine Konsequenz der Speziellen Relativitätstheorie. Ihr Ruck würde durch elektromagnetische Felder zwischen den Atomen der Stange übertragen und - sagen Sie mal, junger Mann, wollen sie mich testen?«

Thomas wird rot. »Ja, nein, ich wollte nur … «

»Sie haben ganz recht. Man kann nicht vorsichtig genug sein. Es lauern so viele falsche Physiker heutzutage.«

Und lacht.

Uff, noch mal gut gegangen. Dr. Schulz hat Humor und ist souverän, denkt Thomas.


»Aber das kann ich mir wirklich nicht leisten, das ist doch bestimmt ein teures Hotel, also ich kann Ihnen das echt nicht erstatten, später in Deutschland.«

»Keine Sorge, dieser Trip ist eine *gratification*, meine Frau und ich müssen auch nichts bezahlen, Sie wären mir nichts schuldig. Im Gegenteil. Hätten Sie nicht so gut aufgepasst, wären meine Dokumente samt Tasche höchstwahrscheinlich auf Nimmerwiedersehen verschwunden und ich hätte ohne Papiere dagestanden. Am Ende hätten mich noch zwei bärbeißig aussehende Typen in blauen Nylonwesten mit gelbem ICE Aufdruck abgeführt.«

Auf Toms fragenden Blick ergänzt er: »*US Immigration and Customs Enforcement.*

Wenn wir auf Maui sind, kläre ich das mit Ihrem Hotel

und den Organisatoren vom *Winners' Circle*. Lydia heißt jetzt Thomas, sozusagen.«

Lächelnd fügt er noch hinzu: »Ich weiß natürlich nicht, wie es bei *Longboard Bill's* ist, aber ich darf Ihnen versichern, das *Grand* wird Ihnen gefallen.«

Dr. Schulz streckt Herrn Windmann die Hand hin: »Haben wir einen Deal?«

»Wir haben einen Deal, Dr. Schulz!«

Das hatte Tom immer schon mal sagen wollen. Und er ist schließlich im Land der unbegrenzten Möglichkeiten!


Als die Maschine aus Texas endlich landet, hat Tom jegliches Zeitgefühl verloren. Er weiß nur, dass er einerseits erschöpft und andererseits überdreht ist.

Sein spezieller Gastgeber ist von einer Gruppe Herren aus Texas freudig begrüßt worden. Man hat sich offenbar einiges zu erzählen.

Als der Flieger endlich gereinigt ist und sie an Bord gehen dürfen, bekommt Dr. Schulz einen Platz bei seinen *peers*. Er hat Tom zuvor noch mitgeteilt, dass er schon das Organisationsteam vom *Winners' Circle* per Mail darüber informiert hat, dass die Rolle des *special guest* von Dr. Schulz neu besetzt wurde. Bei ihrer Ankunft müsse das dann bereits im Hotel bekannt sein, Herr Windmann solle jedoch beim Einchecken ausdrücklich noch einmal darauf hinweisen.

Tom begrüßt seinen japanisch aussehenden Sitznachbarn, der einen nagelneuen, beigen Texashut auf seinen Oberschenkeln zu lagern versucht, mit: »*Good morning, good evening, good night, whatever time it is.*« Der nickte nur kurz. Tom ist froh, einen Platz am Gang zu haben.

Ihm kommt es eiskalt vor. Das liegt sicher auch an der Müdigkeit. Ich könnte mir ja ein heißes Getränk kommen lassen, plant er.

*This is a cashless airline*, steht auf der Broschüre in der Netztasche des Sitzes vor ihm. American Express, Visa … Pech gehabt. Eine ausgesprochene Kreditkarte hat er nicht, nur die EC-Karte. Aber diese sechs Stunden Flug hinaus in die pazifische Nacht übersteht er auch noch, frierend unter seiner viel zu dünnen, grauen Decke, die ihm die Stewardess gebracht hat.

Als sie das Flughafengebäude verlassen, ist es zwar kurz vor Mitternacht, aber immer noch derselbe Tag.

Die Luft kommt Tom ein wenig feucht vor. Es dürften so an die 20 Grad Celsius sein, sehr angenehm für einen Februartag, um Mitternacht, findet er.

Draußen auf dem Parkplatz des relativ kleinen Flughafens von Kahului wartet ein japanischer Kleinbus auf die verspäteten Winners und deren Gäste. Der Fahrer lädt das Handgepäck ein und teilt kleine Flaschen mit eiskaltem Mineralwasser der Marke *Fidschi* sowie für jeden ein Lunchpaket aus.

Die Fahrt geht die Küstenstraße entlang, es herrscht so gut wie kein Verkehr um diese Zeit. Gelegentlich wechseln Ampeln an Kreuzungen ohne Fahrzeuge ihre Farben. Wie bei uns, ein bisschen provinziell, denkt Tom.

Eine lange Auffahrt führt zum landseitigen Hoteleingang, einer hohen Halle, die von einer Art hölzernem Turm überdacht wird. Ein formell gekleideter Chauffeur lehnt an einer Stretchlimo.

Hoteleingang ist das falsche Wort, denkt Tom. Eher der Eingang zu einem Palast. Alles ist so in übergroßem

Maßstab gebaut. Es gibt sogar einen in roten, glänzenden Stein gefassten Wasserlauf, bestimmt 10 Meter lang, innen! Überall üppiger Blumenschmuck, Pflanzen in Kübeln, Mosaiken, nirgends ist tristes Mauerwerk sichtbar, überall glänzender, polierter Naturstein, einfach unglaublich. Später lernt er, dass es für solche Prachtauffahrten ein eigenes Wort gibt: *porte-cochère.*

*This is a luxury resort, absolutely,* fasst er für sich selbst zusammen und versteht, was Dr. Schulz gemeint hatte, als der sagte, Tom werden sein Hotel, das *Grand* schon gefallen.

Die kleine Gruppe wird von einem Zweierteam des *Winners'-Circle-Hospitality-Teams* begrüßt. *Welcome to the Cloudius Company Winners' Circle 2010.* Ein junger Mann und eine junge Frau mit Personal-Trainer-Aussehen, die es schaffen, auch noch um Mitternacht jedem das Gefühl zu vermitteln, man freue sich ganz besonders auf sie oder ihn, *»Mrs. Schulz, sorry, one moment, er, yes, Mr. Windman.«*

Die beiden händigen den Reisenden einige Informationen zum Hotel und der Insel sowie eine Übersicht der gebuchten *activities* mit den zugehörigen Terminen und *locations* aus. Und das wichtigste von allem, das blaue Plastikarmband, das den Träger oder die Trägerin als »ich gehöre dazu« kennzeichnet.

Zwar stehen um diese Uhrzeit keine Hulamädchen mit Blumenkränzen mehr bereit, doch dürfen sich die Ankömmlinge von einem Ständer eine der dort hängenden Ketten nehmen. Tom wählt eine aus dunklen, glänzenden, glatten – ja was, die sehen aus wie kleine Rosskastanienfrüchte, denkt er.

Tom erfährt, dass es sich um *kukui nuts* handelt und

auch, dass sich die *Cloudius* Company um das leidige Thema *tipping* bereits gekümmert hat. Sie brauchten weder dem Hotelpersonal noch den Leuten von den jeweiligen *activities* Trinkgeld zu geben. Ohne schlechtes Gewissen, die *Cloudius* sei sehr großzügig.

Das eigentliche Einchecken bei der in ein korrektes, dunkelblaues Kostüm gekleideten, Hotelangestellten, vermutlich japanischer Herkunft, geht zwar zügig, doch hat Tom Gelegenheit, sich einen Überblick zu verschaffen.

Riesig, geschmackvoll, äußerst gepflegt, durchdacht, und offen, frei, in Sektionen und Zonen aufgeteilt, auf mindestens zwei Ebenen. Man hat gar nicht das Gefühl, in einem Haus zu sein, wegen der Durchgänge und Öffnungen nach draußen, wo man im Dunkeln Grünanlagen erahnt. Innen und außen gehen ineinander über, hier muss man sich nicht vor der Kälte schützen, das gefällt Tom besonders.

Dr. Schulz ist hinzugetreten.

»Hallo, Dr. Schulz, ich weiß nicht, was ich sagen soll!«

»Sie brauchen erst einmal gar nichts zu sagen, Tom. Ich weiß, wie dieser Palast auf einen wirkt! Ich wollte Ihnen nur mitteilen, dass für Ihr Hotelzimmer ein Guthaben von 200 Dollar hinterlegt ist. *Charge it to the room* ist hier ein Zauberwort. Aber Vorsicht. Ein Hotelfrühstück kostet 40 Dollar, pro Person. Andererseits muss man das genossen haben! Ach ja, sie müssten erst einmal die von meiner Frau gebuchten *activities* übernehmen.«

Und Schulz fügte noch lächelnd hinzu: »Lassen Sie sich überraschen! Leikränze winden ist sicher nicht dabei, das entspräche zu sehr dem überholten weiblichen Rollenmodell oder so ähnlich. Ich denke, wir sehen uns morgen

Abend zum *come together*. Genießen Sie Ihren Aufenthalt.
Gute Nacht.«

»Ich bin echt total sprachlos«, bringt Tom heraus.

»*I know. Good night.*«

»*Good night, Dr. Schulz.* Danke ist irgendwie viel zu mickrig, ich weiß gar nicht wie …

»*It's okay. See you tomorrow.*«

In seinem Zimmer, in dem sein Gepäck vollständig bereit steht, beißt Tom in ein Sandwich, verzehrt eine exotische Frucht, nimmt einen Schluck Fidschiwasser, wühlt seinen Pyjama hervor, putzt flüchtig die Zähne und erklettert die typisch amerikanische hohe Bettstatt.

Es dauert keine fünf Minuten, und er ist entschlummert.

# TAG 1

Der erste Kontakt mit der Außenwelt am folgenden Tag beginnt für Tom mit einem Blick vom großen, von Blumenkästen gesäumten, in denen eine Art Kalanchoe üppig wächst, Balkon seines Zimmers im 4. Stock des Hotelmittelbaus.

Hohe Palmen unten scheinen in größerer Entfernung einen unsichtbaren Weg zu säumen, davor stehen niedrigere einer anderen Sorte.

Der innere östliche Hotelflügel begrenzt das Blickfeld nach links und der innere westliche nach rechts.

Nach einer ausgiebigen Dusche und dem Ankleiden begibt sich Tom auf das Hauptniveau des Hotels, um ein 40-Dollar-Frühstück einzunehmen.

Die bestimmt 10 m hohe Frühstückshalle ist sehr hell durch große, quadratische, weißgerahmte Fenster. Palasthohe, faltbare Türen, natürlich geöffnet, führen zu einer der Frühstücksterrassen. Ein riesiger Leuchter, zentral im Saal an einer starken Kette hängend, aufgebaut aus drei Etagen gebogener, trockener Pflanzenarme, an deren Enden elektrische Kerzen in Gläsern sitzen, die Arme kreisförmig angeordnet, wobei die untere Armreihe ca. 20 Arme umfasst und gut zwei Meter im Durchmesser hat, ist mindestens drei Meter hoch und beherrscht optisch die Halle.

Tom sucht sich einen Platz auf der Terrasse. Ein starähnlicher Vogel sitzt auf dem Geländer, betrachtet den

Neuankömmling neugierig und späht vermutlich nach Krümeln.

Vor der Frühstücksterrasse liegt ein großes, gepflegtes Areal mit Tischen und Stühlen, Sonnenschirmen, vielen meist dickblättrigen Pflanzen, hellblauen, flachen Wasserflächen. Weiter hinten, zum Strand hin stehen etliche Cabanas.

Und Tom orientiert sich, was es so für 40 Dollars zum Frühstück gäbe:

Frische Früchte: Erdbeeren, Ananas, verschiedene Sorten Melonen, Papayas, Orangen und Äpfel, alles von der Insel. Getrocknete Früchte und Honige für Müslis, dazu eine Auswahl an Joghurtsorten.

Natürlich Aufschnitt, eine unglaubliche Auswahl an Käsen, hart, weich, französisch, italienisch, englischer Cheddar, ein Riesenleib, was der allein wohl gekostet hat?, oder aufgeschlagener Ricotta und Mascarpone.

Toast, Waffeln, Crêpes, Pfannkuchen, Muffins, Bagels, dann ein Extrastand nur für Omelettes nach eigener Zusammenstellung.

Rührei, Bacon, Lachs, diese kleinen Frühstückswürstchen, richtiges warmes Gemüse, Möhren, Spargel, Tomaten groß, klein, getrocknet, gewürzt, mehrere Sorten Pilze, frisch oder gebraten.

Natürlich Brote, süß, mit Früchten, mit Nüssen, herzhafte Körnerbrote, und an Getränken was das Herz begehrt: Kaffee, Tee, Säfte, Wasser, Milch und und und.

Eine Auswahl wie im Schlaraffenland.

Man kann gar nicht alles das essen, was es für die 40 Dollars gäbe. Schade.

Auch hier im Frühstücksbereich eilt das Servicepersonal in einer Art Khakiuniform umher, Hemd bzw. Bluse sind farblich leicht abgesetzt zu den langen Hosen. Dazu gehört eine Art orthopädische Schuhe, an denen Sheldon Coopers Freundin Amy ihre helle Freude gehabt hätte, findet Tom.

Warum kleiden die ihre Leute ein, als ob es ein Hausmeisterservice wäre? Ob die dienstbaren Geister zwischen den Hotelgästen so unauffällig wie nur möglich sein sollen?, fragt er sich. Damit die grauen Mäuse als graue Mäuse neben den Gästen erscheinen?

Nach der Mahlzeit durchwandert er in aller Ruhe Hotel und Garten.

In der inneren Eingangshalle hängt ein zweiter gewaltiger Leuchter, zwei aufeinander gesetzte Halbrunde, das große oben, das kleinere darunter, in einer Art Hawaiianischen Jugendstils, statt Metall und Glas auch hier wieder Metall, Bronze und etwas, das wie Perlmutt aussieht. An Format seinem Geschwister im Frühstücksraum in nichts nachstehend.

Weißlackierte Metallgeländer mit wellenartigen, geschwungenen Mustern grenzen Teile mit bequemen Sitzmöbeln von anderen Bereichen ab. Es gibt europäisch anmutende Parklaternen, von anno dazumal, innen! und immer wieder großzügig bepflanzte Zonen.

Und Kunst gibt es. Plastiken. Zum Beispiel eine dicke, unbekleidete Raucherin, auf dem Bauch liegend, ein nackter Herr neben einer ebenso nackten Dame auf dem Bett, beide starr nach oben blickend. Oder *Mother and Child*, *wow, a really big mama*! Später informiert Tom sein Reiseführer darüber, dass das Hotel allein für diese Fernando-Botero-Skulpturen berühmt ist.

Gewaltige Mosaiken mit hawaiianischen Sagenmotiven springen den überraschten Betrachter nahezu an.

Beeindruckende, detailreiche Wandmalereien preisen farbenprächtig das vergangene hawaiianische Leben.

Eine Meerjungfrau, lockig mit hübschen Brüsten in der zentralen, quadratischen Wasserfläche, inmitten hölzerner Outriggerboote, in denen Grünpflanzen sitzen, ruht versonnen auf ihrem Stein.

Man bestaunt eine Gruppe lebensecht aussehender männlicher und eine andere weiblicher Hulatänzer, die Männer schützend umsäumt von rotblättrigen Pflanzen, die selber wieder wie Tänzer wirken, die Tänzerinnen ein wenig verborgen von zwei Kreisen verschiedener Farnarten.

Im parkartigen Gartenteil stehen die großen Bronzen. Was soll das darstellen? Vielleicht zwei Vögel, die Köpfe um 180 Grad voneinander abgewandt. Oder ein rätselhaftes, halbwegs ovales, tischplattengroßes Metallobjekt, muschelartig aus zwei Hälften bestehend, die im oberen Drittel netzartige Öffnungen aufweisen und einen Hohlraum umschließen.

Und dann wieder eindeutig Maui *Catches the Sun*. Der Halbgott Maui fing der Sage nach die Sonne und hielt sie an dem Ort gefangen, der auf Hawaiianisch *Haleakalā* heißt, Haus der Sonne. Das ist der riesige Schildvulkan, der den Ostteil der Insel bildet.

Kunstvolle Holzbrücken führen über den gewundenen Wasserlauf, mit Wasserfällen, Nachbauten landestypischer, palmgedeckter Hütten bieten schattige Ruheplätze.

Im naturnahen Fischteich, eher ein See von mindestens

1000 qm Fläche steht ein im Moment des Zustoßens verewigter Speerfischermann. Ein ins Wasser ragendes, auf Pfählen stehendes großes, rundes, offenes Holzhaus im hawaiianischen Stil ist ein weiterer, origineller Ort zum Speisen.

Zum Ozean hin befinden sich dann die üblichen Flächen mit Sonnenliegen und Kiosken.

Tom läuft aber die dem Hotel angegliederte kleine Reihe mit Shops entlang. Gemäldekunst, Kleidung, ah, ein Frühstückslokal, wenn man mal keine 40 Dollares ausgeben will, gut zu wissen, wieder Kunst, diesmal Skulpturen, zum Beispiel ein halb getauchter Metallwal, und Sportartikel.

Dort geht er hinein, sieht sich um und erwirbt ein Paar verstärkte *water shoes*. Ach ja, zu dem ausgewiesenen Preis kommt in den USA immer *tax* hinzu. Egal. »*Charge it to my room in the hotel.*« Kein Problem.

Bevor Tom nun aber mal ans Wasser geht, schlendert er den Komplex auf der Ostseite entlang. Er müsste dann zum landseitigen Eingang gelangen, dorthin, wo gestern die Partylimousine parkte.

Plötzlich steht er vor einem Centurio. Einer überlebensgroßen Figur eines Herrn in Sandalen mit Helmbusch, Umhang und Speer, die vor einem breiten, künstlichen Wasserfall etwas abseits in einem Gartenteil steht. Putzig!

Nein, diese Art Lendenschurz passt nicht zu dem römischen Offizier. Tom tritt näher und studiert die diskret versteckte Informationstafel.

Aha, das ist also der König Kamehamea, bekannt durch den King-Kamehamea-Club aus *Magnum*!, schlussfolgert Tom.

Der *special guest* wählt nun die Route durch den

Haupteingang, nimmt von der jungen Frau mit dem Blumenkranz dankend, *mahalo*!, einen kostenlosen Becher frischen Mangosaft mit auf den Weg und gelangt so schließlich zum öffentlichen Strandweg, der zum Wasser hin von üppiger, ursprünglicher Strandvegetation aus einer Vielzahl dickblättriger grüner Pflanzen gesäumt ist.

Bei sehr angenehmer Temperatur folgt er dem gepflasterten, gut besuchten Weg in Richtung Westen, die wolkengekrönten West Maui Mountains in der Ferne im Blick. Der *beach walk* hier im Bereich der großen, internationalen Luxushotels ist zur Seeseite hin, *makai*, durch eine breiten Streifen ursprünglicher hawaiianischer Küstenvegetation und zur Landseite, *mauka*, hin, durch eine knapp mannshohe Mauer aus schwarzem Lavagestein, die den Hang abfängt, begrenzt.

An einer leichten Biegung springt die Mauer ein wenig zurück, um einer Bank Raum zu geben. Tom lässt sich nieder und genießt einfach sein Hiersein. Dann setzt er seinen Spaziergang fort. Schließlich biegt er in einen kleinen Pfad ein, der durch das üppig wachsende *coast sandalwood* führt und folgt dem Weg, bis der an dem allgegenwärtigen Küstenlavastreifen endet. Die *water shoes* eignen sich ausgezeichnet für einen Spaziergang über die Felsen.

Das ist alles so unwirklich! Ich stehe hier wirklich auf einer hawaiianischen Insel und der Pazifik liegt nur ein paar Meter vor mir. Die zerklüfteten, spitz und scharfkantig wirkenden Lavafelsen scheinen ein Stück über die Wasseroberfläche hinauszuragen.

Auf einmal vernimmt der staunende Tom eine Art Brausen und Fauchen und aus einer Mulde in den Felsen schießt der Pazifik schäumend direkt hoch hinaus. Das *blowhole*, das Loch im Boden der Mulde, hat er zu spät bemerkt.

Tom schmeckt das salzige Nass, das ihn überschüttet und ruft: »Danke, Ozean, für die Taufe! Überraschung gelungen!«

Tom genießt die Abkühlung und den warmen Wind, der ihn rasch wieder trocknen wird.

Erst auf dem Rückweg bemerkt er das ins Gebüsch gekippte Schild: *Stay clear of blowhole!*

Nach einem kleinen Umweg durch eine Art Einkaufszone, *The Shops at Wailea*, wo man von Fingerfood bis zu Pradahandtaschen und Tiffanyschmuck so gut wie alles bekommt, wieder beim Hotel angelangt, leistet er sich in dem kleinen Frühstücksrestaurant auf Kosten seines spendablen Zimmers zwei große Scones, Schokolade und Blaubeere, die er an einem der kleinen Tischchen vor dem Café verzehrt. Dieses Mal wird er dabei von einem hohen katholischen Geistlichen beobachtet, der geduldig wartet, was Tom auch mit ein paar Bröckchen belohnt.

Gestärkt schlendert er wieder durch die sehr weitläufigen Außenanlagen seines Hotels, bis er meint, jedes Figürchen, jeden Pavillon, jedes Wasserbecken zumindest bewusst wahrgenommen zu haben, über jede Brücke einmal gegangen zu sein und in jeder Hütte einmal gesessen zu haben.

Das kommt nie wieder, das ist zu schön, um wahr zu sein, sagt er sich. Und in einer der Hütten, im kühlen Schatten hoher, blütenduftender Sträucher, auf der weich gepolsterten großen Bank, eingelullt vom Rauschen des großen Wasserfalls, schläft er prompt ein und erwacht erst, als Stimmen und Lachen ihn wecken.

Das *come together* ist ja schon heute Abend!, fällt ihm

ein. Jetzt aber ganz schnell duschen, frische Sachen anziehen und wieder hinunter!

Am ersten Abend lädt die Company zu einem zwanglosen Kennenlernen, *come together* ein. Der *dress code* lautet *casual wear*. Auf der für solche Anlässe vorgesehenen weiträumigen Rasenfläche mit einzelnen, hohen Kokospalmen ist ein Buffet aufgebaut, es gibt die kleinen, weißen, hohen Stehtische ebenso wie größere Tische mit bequemen Klappstühlen drum herum, ebenfalls in Weiß.

Gleich rechts am Ende der Haupttreppe, die vom Mittelbau des Hotels in den Garten führt, liegen auf Tischen die Artikel aus, mit denen die Gäste sich tunlichst ausrüsten sollen.

Für die Bierfreunde echt aussehende, große Biergläser, aus solidem Kunststoff. Im Boden befinden sich die Leucht-LED's.

Für alle liegen *lei*, also hawaiianische Blumenkränze aus, aber mit Kunstblumen, und auch hier ist eine vielfarbige Illumination eingebaut.

Die Rührstäbchen für die Cocktails später bieten die überaschende Möglichkeit, ein kühles blaues Licht einzuschalten.

Wie man hört, ist Neil Diamond leider überraschend verhindert. Nun hatte man doch schon für sein Konzert riesige Plexiglasklunker zum Anstecken an die Finger geordert, und diese Brillies, die in weißem Licht erstrahlen können, liegen ebenfalls aus.

Um diese Jahreszeit, also Mitte Februar wird es auf Maui so gegen 18.30 p.m. dämmrig, zwanzig vor 8 p.m. ist es schon richtig dunkel. Dafür ist es gegen 6 a.m. wieder hell.

Ein lautes Muschelhornsignal ertönt, und ein junger

Polynesier mit einer Blätterkrone auf dem Haupt, Halsschmuck, bloßem, muskulösem Oberkörper und tja, einem langen Rock aus grünen Blattstreifen läuft los und entzündet auf dem weiträumigen Gartengelände die fest montierten, langen Fackeln.

Tom fühlt sich sofort auf eigenartige Weise geborgen im Bezirk dieses archaischen Lichts.

Das *come together* ist noch nicht richtig in Gang, und überall funkelt, leuchtet und blinkt es sehr effektvoll. Ein Profifotograf geht umher und macht seine Aufnahmen.

Das Angebot an Speisen und Getränken ist auf den US-amerikanischen bzw. europäischen Geschmack ausgerichtet, aber mit hawaiianischen Akzenten versehen.

Tom ist sich dessen bewusst, dass es gilt, sich an den einzelnen Stationen zu beschränken, will man, wie es sich gehört, Vorspeisen, Hauptspeisen und Desserts genießen. Die Auswahl fällt ihm schwer, es sieht vieles so lecker aus!

Er speist ein wenig abseits an seinem Tischchen, im Seidel blinkt das Bier. Er hat sich für ein *longboard* entschieden. Auf *lei* hat er verzichtet, aber einen Diamanten eingesteckt, genießt sein Essen und lässt vor allem die einmalige Szenerie auf sich wirken.

Eine junge Frau geht in Richtung seines Tischchens. Hinter ihm ist doch niemand.

Auch sie trägt das blaue Armband, das ihre Zugehörigkeit zur *Cloudius*-Gemeinschaft zeigt.

»Deine Shorts haben eine Innenbeleuchtung, wow!«

Der verblüffte Tom weiß zuerst gar nicht, was sie meint.

»Was?«

»Na, da, guck doch!«

Hastig will er den versehentlich eingeschalteten Leuchtdiamanten abstellen, schaltet aber nur von Dauerlicht auf Blinkfeuer.

»So lockst du erst recht noch mehr Schaulustige an«, freut sich sein Gegenüber.

»Ahh, so'n Mist.«

»Nun ist wieder alles in Dunkelheit getaucht. Und es bestand zu keinem Zeitpunkt die Gefahr unbefugter Einsichtnahme, deine Shorts sind ja schwarz.«

Der Blick der jungen Frau folgt den langen Beinen ihres Gesprächspartners nach unten.

»Sind das etwa *water shoes*?«

Sie beginnt zu lachen und kriegt sich kaum wieder ein.

Tom findet seine Fußbekleidung selbsterklärend und verzichtet auf eine Bestätigung. Für Budapester mit Lyralochung und aufgesetzten Fersen- und Flügelkappen ist dies hier doch wohl nicht der Anlass, denkt er.

»Sinn für Humor und Selbstbewusstsein hast du jedenfalls! Zu welcher Abteilung gehörst du?«, fragt sie, als sie endlich aufhört zu lachen.

Es ist schön, wenn sie lacht, denkt er noch.

»Moment, lass mich raten. *Sales* jedenfalls nicht. Eher Produktentwicklung. Und mit diesen Froschfüßen müsstest du eigentlich so ein zottelhaariger, bärtiger Programmierer sein.«

»Ich bin nur hier, weil ich eine Handtasche … «

»Wie, ich hab gerad nicht aufgepasst?«

»Quatsch, ja, ich bin nur *special guest*, ich bin eigentlich Physiker und promoviere gerade.«

»Ach so.«

Lass sie nicht einfach wieder gehen!, sagt er zu sich selbst.

»*But you are a real winner?*«

»Ja, bin ich. Und allein. Denn mein *special guest* Anna, meine beste Freundin, hat im letzten Moment eine schulscharf ausgeschriebene Stelle angenommen und sich leider gegen diese Reise entschieden. Das muss sie selber wissen.«

»Diese Lichter, all die Leute, unter Palmen, die angenehme Temperatur, hast du so etwas schon einmal erlebt?«, fragt Tom.

»Du hast Recht. Nein, noch nie.«

Sie scheint sich etwas zu überlegen.

»Sag mal, Physiker, kennst du dich aus mit Rechnerarchitektur, Großrechnern, Datenbanken?«

»Geht so. Wir haben manchmal echt rechenintensive Programme laufen, da nutzen wir die Möglichkeit zu Grid-Computing. Weißt du, ich bin zwar Theoretiker geworden. Das heißt aber nicht, dass ich nur mit Papier und Bleistift und unglaublich viel Grips total *ab initio* die Wirklichkeit in einem mathematischen Bild darzustellen versuche. Klar, solche Cracks gibt es. Von denen nehmen wir dann ein Modell, ja, du musst das erst mal kapieren, allein schon die Mathematik. Und dann schreiben wir unsere Programme und lassen die laufen und gucken, was rauskommt. Das hat schon etwas Experimentelles. Andererseits …«

Das scheint seiner Gesprächspartnerin schon zu genügen. Sie berührt ihn sanft am Arm.

»Im Schulpraktikum sagte die eine Mentorin zu uns: *Auch wenn Sie sogenannte unbeliebte Fächer haben, die Schüler spüren es, wenn Sie von Ihrem Fach begeistert sind!*

Du bist das auf jeden Fall! Guck mal die beiden da vorn, der mit dem hellen Leinenjacket und ....«

»Der mit Dr. Schulz spricht?«

»Du kennst Carl?«

»Hm, kennen ist zu viel gesagt. Das ist eine längere Geschichte. Ich weiß, dass er ein Mathegenie ist. Ach ja, und eigentlich auch Physiker.«

Sie schlendern auf die beiden Genannten zu.

»Sag mal, du weißt das sicher, was mit den Fotos geschieht?«

Er zeigt auf den Fotografen.

»Die werden zu Hause ins Firmennetzwerk eingestellt und die Companymitglieder können sie sich herunterladen.«

»*Hello* Fiona.«

»*Hello* Carl, *hello* Douglas.«

»Wie ich sehe, hast du Tom Windmann schon kennengelernt.«

»Ja, er hat mir mit seinem Diamanten Zeichen gegeben. Das hat bislang noch kein Mann für mich getan. Sag mal, wo ist denn eigentlich Lydia?«

Fiona heißt du also, und meinen Namen kennst du jetzt auch.

Tom, der instinktiv nachgesehen hat, ob in seiner Hosentasche kein Licht brennt, sagt schnell:»Äh, Fiona, die krank, öhm, also musste zu einer kranken Freundin plötzlich, in LA und ...«

»Genau«, springt Dr. Schulz geistesgegenwärtig ein, »nichts Schlimmes, aber du kennst sie ja, das ließ ihr keine Ruhe und ja, Tom Windmann ist nun hier statt Lydia.«

»*Oh sorry, Douglas, for speaking German, this is Tom, an acquaintance of the Schulzes, he is a physicist.*«

In der folgenden Viertelstunde bekommt Tom einen Vortrag von Schulz und hauptsächlich Douglas über eine völlig neu entwickelte Art von Datenbank mit Echtzeitzugriffsmöglichkeiten zu hören. Douglas ist total in seinem Element bei dieser absolut neuartigen *column-oriented in-memory database for high-speed transactions with near-zero latency.* Das System werde schneller sein als alles Dagewesene.

Das ist mal ein Computernerd, aber ein echter, findet Tom und versucht, halbwegs intelligente Bemerkungen zu machen. Dass die ihm die neue Datenbank erklären, bewirkt, dass er sich schon irgendwie ein wenig dazugehörig fühlt.


Fiona hat sich davongemacht. Schade. Was es mit dem Schulpraktikum auf sich hätte, wollte er sie noch gefragt haben. Die attraktive Fiona und Datenbank Douglas, ob die wohl zusammen sind, fragt er sich. Winner und Gast haben meist ein gemeinsames Zimmer, und jetzt wo Anna nicht mitgekommen ist … Aber hätte sie dann gesagt, sie sei allein? Und wenn diese Anna nur ihre beste Freundin und nicht ihre Freundin ist, hätte sie doch wohl ihren Freund mit hierher genommen? Sofern sie denn einen hätte.

Zu diesen Überlegungen aus rein theoretischem Interesse holt er sich noch so einen köstlichen exotischen Fruchtcocktail mit Ananas, Mango, Orange, Erdbeersirup und Minzeblättchen. Als Betthupferl dazu eine Kokosnuss. Ungesund, kalorienreich und sehr lecker! Nämlich eine Kugel aus dicker Schokolade, gefüllt mit Kokoscreme mit etwas Rum.

# TAG 2

Heute ist Sporttag, *The Funny Triathlon plus one or two*, und Tom ist einigermaßen gut im Training. Er weiß nicht genau, was Lydia da gebucht hat und guckt flüchtig auf das Infoblatt. Es beginnt am Strand unter der Leitung von HWF, irgendwas mit *debris*, ein seltsames Wort.

So früh am Morgen ist die Luft frisch, wie immer hier am Wasser und ein wenig feucht.

Es stellt sich heraus, dass die Hotelgäste unter Leitung von Leuten des *Hawaiian Wildlife Funds*, HWF, Plastikmüll aufsammeln, in Gruppen eingeteilt, um unterschiedliche Sorten angespülter Zivilisationsabfälle einzusammeln.

Er sieht sich um, einige der *winners* und *guests* erkennt er vom Sehen von gestern Abend wieder.

Dann geht es zum ersten richtigen Wettbewerb. Es gibt zwei Einzel- und einen Teamwettbewerb. Das *hospitality board* hat einen Shuttleservice organisiert, der die Sportler zu den jeweiligen Wettbewerben fährt.

Die Teilnehmer hatten sich im Voraus aus den angebotenen Sportarten ihre drei individuell zusammenstellen können. Und gemäß dem Diversity-Konzept von *Cloudius* ohne Aufteilung in Damen- und Herrenmannschaften.

Gewissermaßen hatte ja Lydia für ihn gebucht. Es geht

los mit Beachvolleyball. Dabei hatte das *hospitality board* bewusst gemischte Teams zusammengestellt. So bekommt Tom die ursprünglich auf der gegnerischen Seite vorgesehene junge Frau als Partnerin.

»So sieht man sich wieder! Ich hätte schon früh beim Müllsammeln am Strand sein sollen, hab aber echt verschlafen«, sagt Fiona. »Hej, guck mal«, sagt sie zu ihm, »wir tragen sogar Teamfarben!«

Tatsächlich tragen beide weiße T-Shirts und schwarze Shorts.

»Der frühe Vogel fängt den Müll. Keine Sorge, ich hab für dich mit gesammelt.«, antwortet Tom und von irgendwoher in seiner Seele kommt die Frage: Warum hast du verschlafen, was oder wer hielt dich auf?

Fiona scheint es gut zu finden, dass ihr neuer Bekannter auch bei einer sozialen Aktivität mitgemacht hat.

Fiona ist wendig und schnell, vor allem sehr reaktionsschnell. Tom versucht eher, mit Schmetterangriffen Punkte zu machen.

So will er wieder schmettern, biegt sich aber zu weit zurück, um auszuholen, rutscht aus und landet der Länge nach auf dem Rücken. Fiona will ihm aufhelfen, fasst seine Hand, er greift fest zu, leider verliert auch sie das Gleichgewicht und landet geschmeidig auf ihm.

»Oh, entschuldige bitte«, sagt er und sie bleibt ein Sekündchen zu lang liegen, will es Tom scheinen? Wunschdenken, wehrt er ab. Der Länge nach berührt, vielleicht hat es aber doch ein klitzekleines Bisschen zoom gemacht?

Fiona und Tom können dieses Match ganz knapp für sich entscheiden.

Toms erste Einzeldisziplin ist Radfahren. Die Strecke führt durch die ruhige, verkehrsarme Hotel- und Ferienhausurbanisation. Er gibt sein Bestes, schließlich fährt er zu Hause bei Wind und Wetter fast jeden Tag mindestens zwanzig Kilometer, aber die *Cloudius* Company hat offenbar richtig gute Amateurradrennfahrer, und Tom findet sich irgendwo im Mittelfeld.

Zur Mittagspause holt Tom sein vorbestelltes Lunchpaket im Hotel ab und speist an seinem neuen Lieblingsort beim Pazifik gleich rechts in der Nische der Lavamauer.

Glück muss der Mensch haben, denkt Tom. Die Lydia, wer hätte das gedacht. Na ja, sportlich sieht sie ja aus. Amazone, fällt ihm noch ein.

Der Shuttlebus fährt ihn zu dem auf Bogensport spezialisierten Hotel. Der Wettbewerb findet auf dem weiten sattgrünen Rasengelände, natürlich unter Palmen, statt. Auch hier werden selbstverständlich wieder offizielle Fotos geschossen.

Ob tatsächlich aus Versehen oder weil jemand das lustig findet, Tom wird zur allgemeinen Erheiterung als *Mrs. Lydia Schulz, a former district champion in bare bow archery in the senior class* vom Wettbewerbsleiter aufgerufen.

Er verlangt und bekommt prompt einen 70-Zoll-Blankbogen mit 30 Pfund Zuggewicht, dazu Armschutz und Schießhandschuh. Geschossen wird mit Carbonpfeilen auf die übliche Scheibe aus konzentrischen Ringen, Distanz 50 Meter, zwei mal sechs Passen, eine Passe zu sechs Pfeilen in 4 Minuten.

Erst nach Abschluss des Wettbewerbs, als die Juroren

die Punktekarten auswerten, bemerkt er Fiona unter den Zuschauern.

»Wie kommst du denn her? Stehst du schon lange da?«

»Echt, wir beide beim Volleyball, das war vielleicht was!«, weicht sie ein bisschen aus.

»Ja, wirklich.« Und Tom fragt sich, ob sie beide das gleiche meinten.

»Mit dem Shuttlebus natürlich, und ich guck dir schon die ganze Zeit zu, mit Minigolf war ich schnell durch. Der Parcours bot keine Schwierigkeit für mich. Ich bin echt gut im Minigolf!

Das passt zu dir? Das sieht man dir an? Du bist in vielem echt gut? Ich finde dich sowieso toll? Tom fällt mal wieder keine passende Bemerkung ein.

»Du bist echt sportlich, Fiona.« Immerhin etwas.

»Du, mein lieber Tom, warst mir beim Beachvolleyball irgendwie zu emotional unüberlegt, so hau-drauf-mäßig.«

Und solche Typen magst du nicht, verstehe, denkt er sofort.

»Aber beim Bogenschießen bist du ein ganz anderer Mensch. Total ruhig und konzentriert. Und dabei ganz gelassen. *The bow is your friend, isn't it?*«

»Ist dir das nicht zu martialisch?«

»Nö, Bogenschießen ist eine Präzisionssportart. Wie Minigolf. Oder Boccia. Aber einer, der so opamäßig im Park Bällchen schubst, der hätt's echt schwer bei mir. Ähm, ich hab jetzt noch was vor. Wir, also einige der Jüngeren mit ihren *guests* gehen nachher zu *Matteo's Osteria*, Pizza essen, *the best pizza in town*, na ja, hier in der Nähe. Wir treffen uns beim King um *seven p.m.* Magst du auch kommen?«

»*Sure*, um sieben beim König, alles klar, bis später.«

Sofort fällt Tom etwas vielleicht Wichtiges ein.

»Ähm, Fiona, schick mir aber zur Sicherheit noch 'ne SMS. Zur Erinnerung.«

»Bist du so vergesslich? Dazu brauchte ich dann deine Nummer, nicht wahr?«

So richtig elegant gelöst findet Tom das zwar selbst nicht, aber was man hat, das hat man.


Nach Abschluss und Auswertung der Wettbewerbe, natürlich mit firmeneigener superschneller Software, kommt Carl Schulz gut gelaunt, geradezu vergnügt auf ihn zu. Schulz war seinem Ruf als Bocciabestie mal wieder voll gerecht geworden.

»Ich soll Sie ganz lieb von meiner Frau grüßen! Lydia hat nämlich über ihr Spionagenetzwerk, ja, ja die Frauen, erfahren, dass Mrs. Lydia Schulz beim lustigen Triathlon insgesamt zwar mittelprächtig abgeschnitten, beim Schießen jedoch den zweiten Platz erreicht hat. Ich glaube, jetzt, wo sie weiß, dass Sie beide dieselbe nicht so alltägliche Sportart ausüben, sind Sie ihr sogar sympathisch.«

»Danke, es war mir eine Ehre. Grüßen Sie bitte Mrs. Schulz von mir zurück. Und, was ich fragen wollte, wie heißt Fiona eigentlich mit Nachnamen?«

»Thibault, Fiona Thibault. Alte Familie, Hugenotten, glaube ich. Thibault entspricht übrigens Theobald. Kann ich sonst noch etwas für Sie tun?«

»Nein danke, im Moment nicht. Ich meine, das haben sie ja schon. Ich fühle mich unglaublich wohl hier.«

»Das ist auch der Sinn der Sache.«

Soweit Tom das überblickt, besteht die kleine Gruppe, die sich beim King-Kamehamea-Denkmal versammelt hat, fast ausschließlich aus Paaren. Die *winners* nahmen eben als *guest* ihre Partner bzw. Partnerin mit ins Paradies. Fiona stellt Tom kurz als Carl's *special guest* vor, *Carl's spouse had to see a friend, who needed help.*

Auf dem kurzen Weg zu Matteo's dreht Tom den Spieß kurzerhand um: »*Douglas, this new database concept of yours, I wonder whether it would help me with my multi particle numerical calculations?*« Und er hat Douglas ganz richtig eingeschätzt …

Vor dem Restaurant wird Tom auserwählt, einen Tisch zu bestellen, während die anderen draußen stehen und plaudern. Die Osteria ist sehr gut besucht. Er bekommt eine bierdeckelgroße Scheibe in die Hände gedrückt und darf wieder gehen.

»Die haben mir nur dieses Dings gegeben.«

»Wart's mal ab!«

Tatsächlich beginnt das Dings nach einiger Zeit zu blinken, zu brummen und zu vibrieren.

»*O.k. folks, our table is waiting.*«


Nach dem Essen wollen die anderen noch auf ein paar Drinks ins *Monkeypod.*

»*Fiona, are you coming?*«

»*Yeah, later on, see you there.*« »*Perhaps*«, sagt sie zu Tom. »Hast du Lust, mit mir durch den Garten zu spazieren?«

Und ob er Lust hat.

»*Here we go!*«

»Es gibt hier wirklich ein paar gute Lokale. Aber weißt du, was es hier nicht gibt?«

»Nein, ich weiß es nicht. Wirklich schlechte Restaurants vielleicht?«

»Blödmann, nein, einen richtigen, zünftigen, bayrischen Biergarten hat's net! Überleg doch mal. Ganzjährig Biergartenwetter und tolle *locations*.«

Sie blickt ihn an.

»Ja, ich höre dir zu. Klingt nach einem bereits durchdachten Plan.«

»Hm. Fesche Buam in Lederhosen, blitzsaubere Madeln im Dirndl mit ordentlich Holz vor der Hüttn als Bedienung, Weißwurscht, Leberkäs, Grillhaxn, ich sag dir, das würde laufen!«

»Vielleicht spielen wir erst einmal demnächst eine Partie Minigolf zusammen, und dann sehen wir weiter?«

»Wer hat denn gesagt, dass du bei meinem Biergarten mitmachen darfst?«

Sie lacht aber dabei.

»Erzähl mal von dir, Thomas Windmann.«


»Das nennt man wohl kleinbürgerliches Milieu. Eltern geschieden, Vater tot.«

»Oh, das tut mir leid.«

»Ist schon o.k. Wir konnten nicht so viel miteinander anfangen. Er war Schlosser mit eigener Werkstatt und kleinem Ladengeschäft. Er stand noch bei einem Kunden mit unserem Firmenwagen in der Einfahrt. Zusammengesunken im Fahrersitz. Herzinfarkt. Der Mann vom Abschlepper hat ihn gefunden. Die hatten den gerufen, weil unser Firmenwagen ja die Ausfahrt blockierte.«

»Unser Firmenwagen?«

»Na ja, ich hab eine Weile schon ziemlich viel ausgeholfen.

Und ich bin ja mit dem Geschäft aufgewachsen. Jedenfalls, wie gesagt, Abiturmachen war o.k., seinen Betrieb auf Computer umzustellen natürlich auch, aber Universität, Studium, das war nicht seine Welt.

Er hatte es schwer gegen *Eisenmüller*, den großen Eisenwarenladen in der Stadt, der ewige Konkurrent, größer heißt, viel bessere Einkaufskonditionen, der hatte die Sachen auf Lager, konnte teure Bronzebeschläge oder Messing dem Kunden zeigen, wir hatten nur den Katalog usw.«

»Klar, verstehe«, wirft Fiona ein.

Meine Mutter war früher Schuhverkäuferin, dann nur noch Hausfrau. Sie ist schon ein Zahlenmensch. Früher hat sie für das Geschäft die Buchhaltung gemacht. Bis sie sich durch das Führen der Debitoren- und Kreditorenkonten als Frau ausgebeutet fühlte und ihren Mann damit einfach hängenließ. Aber den Schlag, den er nicht mehr wegstecken konnte, bekam er, als meine Mutter etwas mit dem Geschäftsführer von *Eisenmüller* anfing.

Ich habe eben Physik studiert. Das war schon das Richtige. Eine Lehre wäre mir nicht genug gewesen. Apropos Bogenschießen, zusammen mit einem Experimentalphysikprof habe ich für die Lehramtsstudenten der Physik ein Experimentalseminar zum Thema Ballistik aufgebaut. Klar ist da ein Schwerpunkt das Bogenschießen. Warum heißt das übrigens Bogenschießen? Weil man im Bogen schießt. Das sind eigentlich keine Parabeln, sondern ballistische Kurven. Wir haben das sogar publiziert. Darauf bin ich ein bisschen stolz!

Ja, was noch? Ich wohne zur Miete, allein, in der Altstadt.«

»Keine Mitbewohner, Haustiere?«

»Zwei Klivien, ein Gummibaum und ein Weihnachtsstern, mit dem ich schon drei Weihnachtsfeste feierte. Manchmal passe ich auf die Katze meiner Nachbarin auf. Ähm, Kater.«

»Was machst du so mit ihm?«

»Füttern natürlich, das Katzenklo säubern, frisches Wasser hinstellen, wir sitzen zusammen auf dem Sofa und gucken fern, ich kraule ihm den Bauch oder Rücken oder hinter den Ohren.«

»Spielst du nicht mit ihm?«

»Du willst es aber wissen!« Er sieht sie an und atmet durch. »Also. Ich rolle den kleinen Teppich zusammen, zu einer Röhre, ne? Und dann habe ich so ein Lederdings an einem Stöckchen gebastelt und …«

»Und damit gehst du in die Röhre und zurück und hin und her und wie heißt der Kater?«

»Balu.«

»Und Balu lauert und krallt von außen und krabbelt hinein, nicht?«

»Hast du ’ne Kamera in meiner Wohnung installiert?«

»Blödmann. Das macht jeder vernünftige Mensch mit Wohnungskatzen, mindestens.«

»Ja und ich rolle ihm auch Tischtennisbällchen zu und manchmal kickt er die auch zurück. Zufrieden?«

Ja, Fiona scheint einigermaßen zufrieden zu sein.

»So, jetzt du!«

»Bildungsbürgertum? Mein Vater ist Anwalt, Fachanwalt für Erbrecht. Der *maître* berät Sie auch gern in allen steuerrechtlichen Fragen, die mit Erben und Vererben zusammenhängen. Er hatte sich sehr bemüht, mich für Jus zu begeistern und eine Zeitlang wurden bei Tisch Erbrechtsfälle und deren Lösungen serviert.

Einmal wurde ich sogar zu einer öffentlichen Verhandlung ins Gericht mitgenommen. Mein Vater und ich, wir haben uns noch lange darüber regelrecht gestritten.«

Eine Vorausvermächtnisnehmerin hatte den Notar ihrer Eltern verklagen wollen, weil die Mutter …«

Fiona hält inne. »Entschuldige, ich will dich nicht langweilen.«

»Nein, nein, tust du nicht. Erzähl weiter«, meint der nur.«

Fiona fährt also fort: »Also weil die Mutter nach dem Tode des Ehemannes das gesamte Vermögen verjuxt hatte und prompt friedlich und pünktlich verstarb, als nichts mehr zum Verjuxen übrig geblieben war.

Der Notar, der die sich ständig höher verzinsende, aber auf den Tod gestundete Schuld der Mutter der Tochter gegenüber ins gültige Testament hineingeschrieben hatte, hätte bitteschön sicherstellen müssen, dass sich die Mutter nicht überschuldete.«

Sie sieht Tom an.

»Doch, ich kann noch folgen.«

Die Klage wurde zwar angenommen, was meinen Vater bereits in Erstaunen versetzt hatte, jedoch konnte das Gericht ein Versäumnis des Notars nicht sehen. Der habe sich an die damals üblichen Formulierungen gehalten, deren Konsequenzen niemand übersehen hätte. Übrigens, wäre die Mutter hingegen zu Lebzeiten geschäftsunfähig geworden, so hätte ein Vormund allerdings eine vorläufige Sicherung in noch unbestimmter Höhe eintragen lassen müssen. Aber so gehe die Vermächtnisnehmerin eben rechtens leer aus.

Die Relevanz einer rechtens bestehenden und sogar vererbbaren Schuld kann doch nicht abhängig vom Geisteszustand der Schuldnerin sein!«

»Juristin bist du also nicht geworden. Obwohl, so wie du diese Vermächtnissache noch präsent hast, juristische Gene hast du mitbekommen!«

»Hm. Nee, ich erfülle wohl ein Frauenklischee. Zuerst, nach dem Abi, machte ich ein freiwilliges soziales Jahr. Zunächst in einem Altenheim als Mädchen für alles, Küchenhilfe, Einkäufe erledigen, Tische decken und wieder abräumen. Dann war ich bei einem Verein für Altenhilfe und betreute hauptsächlich eine bestimmte, sehr alte Frau. Das war ganz schön heftig.

Und wie meine beste Freundin Anna habe ich danach auf Lehramt studiert.«

»Ah, das erklärt das Schulpraktikum.«

»Welches Schulpraktikum?«

»Na, das mit der Mentorin und der Begeisterung für seine Fächer.«

»Das hast du dir gemerkt?«

»Aber sicher.« Und dann hast du mir deine Hand auf den Arm gelegt, ganz leicht. Das sagt er natürlich nicht laut.

Auf Toms fragenden Blick hin ergänzt sie: »Biologie und Geographie. Nach dem ersten Staatsexamen war ich dann auf so einer *Nacht der Ausbildung*, habe mich neu entschieden, die *Cloudius* hat mich genommen, ich habe die unternehmenseigene *academy* durchlaufen, und da bin ich. Und du, hast du mal etwas Soziales gemacht?«

»Nö, ich war immer Sohn. Ich konnte mietfrei in der kleinen Wohnung auf dem Betriebsgelände wohnen, oben unterm Dach. Dafür habe ich Tausend Schlüssel gefräst, grob geschätzt, zig Tausend Schrauben rein oder raus gedreht, Zylinder montiert, Scharniere geölt, Werkzeug geschleppt, angereicht, zusammengepackt, gereinigt, geschliffen, Leitern gehalten, getragen, den Chef gefahren, Kunden bedient, Telefondienst gemacht, Termine vereinbart, von denen ich schon wusste, dass sie nie gehalten würden, hunderte Meckeranrufe abbekommen. Bestellungen geschrieben, Ware ausgepackt, gefegt, gewischt, gewaschen, geputzt, Rasen gemäht, Zäune gestrichen, Schnee geräumt ...«

»Du Tom, danke. Ich habe einen Eindruck gewonnen, was für dich Sohn sein hieß, völlig ausreichend.«

»Ach so, ich habe mich doch sozial betätigt. Ein Mal. Für ’n Oberst.«

»Als Stiefelknecht? Windmann! – Zu Befehl, Herr Oberst!«

Fiona salutiert idiotisch, mit der linken Hand, die Finger gespreizt, und die Handfläche nach außen gewandt.

»Das kam so. Kommilitonin Steffi wechselte an eine andere Uni und fragte mich ganz harmlos, ob ich für sie nicht einmal einspringen könnte, es sei die Treppe zu putzen beim Oberst. Nett wie ich nun mal bin, sagte ich zu. Und weil ich nicht *nein* sagen konnte, habe ich dann wohl als Student drei, vier Jahre lang jeden Freitagnachmittag für Oberst Erich Wallhusen und Gemahlin eingekauft, zwei *M*, zwei *Eve* und eine *Bild* waren immer er dabei, die Treppe und den Hausflur geputzt, drinnen die Wohnung gesaugt und die Toilette gereinigt. Für jeden Einsatz gab’s zehn Mark, ich glaube, die hatten kistenweise noch Fünf- und Zehn-D-Markscheine. Sehr alte Leute, die Wallhusens. Sie sahen nicht mehr gut und so weiter. Wechselten offenbar auch nur selten die Unterwäsche. Gebrauchtes Klopapier verfehlte oft die Kloschüssel, der Staubsauger verbreitete Modergeruch, *if you know what I mean*? Auf dem zur

Erfrischung gereichten O-Saft schwamm dick der Schimmel. Dazu wurden muffige Kekse angeboten. Alles klar?«

»Tom, ich weiß ganz genau, wovon du redest, glaub mir. Wie ging das aus?«

»Eines Tages kam ich von meiner Einkaufstour zurück, es öffnete ein unsympathischer Typ die Wohnungstür, offenbar das Helmütchen, der Neffe, nahm mir die Einkäufe ab und teilte mir mit, er wolle mich hier nicht noch einmal sehen. Das war's.«

»Doch, alles zusammengenommen, das kann man gelten lassen«, erklärt Fiona großzügig.

»Sag mal Bildungsbürgerin, habt ihr ein Familienwappen?«

»Hm, mein Opa war Notar, ein sehr vornehmer Herr, und der führte tatsächlich ein Wappen auf seinen Schriftsätzen und Urkunden. Mein Vater wollte das aber nicht.«

»Bist du in einer Villa aufgewachsen? Kannst es ruhig sagen, muss nicht schlecht sein.«

»Hm, der Opa hatte die Villa am Hang über der Stadt, im sogenannten Musikerviertel gekauft. Wir haben im ersten Stock gewohnt. Von dort hatte man einen tollen Blick über die ganze Stadt bis hin zum Mittelgebirge. Nach hinten, zum Garten raus kam dann gleich eine gepflegte städtische Grünanlage. Das war schon schön. Meine Eltern sind trotzdem auch geschieden. Meine Mutter hat den Anwalt gegen einen Arzt mit Goldrandbrille eingetauscht. Den hatte sie auf Ischia kennengelernt, ihrem bevorzugten europäischen Alleinreiseziel im Frühjahr. Oh, ich kann mir das sehr gut vorstellen: *Grazie Dottore, prego Dottore, Dottore* hier, *Dottore* da, das gefiel ihr sicherlich. Aber dass sie dann wirklich zu diesem Doktor mit Goldrand gezogen ist, heißt für mich einfach, dass meine überkandidelte Mutter endgültig den Verstand verloren hat.

Mein Herr Erbrechtsvater hat dann am eigenen Leibe erlebt, dass Scheidungsanwälte noch stattlichere Kostennoten einreichen können als Erbrechtler. Er nahm's gelassen hin. Er hatte sich bewusst für das ein wenig staubige Erbrecht entschieden, auch, weil man da deutlich weniger nervigen Mandantenkontakt hatte als z.B. als Scheidungsanwalt.

»Ein gut Teil derer, die mir mit ihren letzten Willensbekundungen ein gutes Einkommen verschaffen, sind ja selbst schon zu Staub zerfallen«, pflegte er zu sagen.

»Und deine überkandidelte Mutter? Die ist vermutlich keine Schuhverkäuferin oder so gewesen«

»Nein, nein, Studiendirektorin am Gymnasium, für Französisch und Geographie.«

»Ich kann nur einigermaßen Englisch«, meint Tom. »Unser Französischlehrer, am Gymnasium mussten wir eine zweite Fremdsprache nehmen, so bei der Notenverkündung, Windmann, *comme d'habitude, tu parle comme une vache espagnole*! Na ja, ich hab's überstanden.«

Sie schweigen eine Weile.


»Alex, der ist auch in unserer Arbeitsgruppe, er ist Russlanddeutscher und sehr belesen. Was manchmal ein bisschen nervt. Also Alex sagte mal, alle unglücklichen Familien seien auf ihre eigene Art unglücklich. Und eigentlich klinge dass nur auf Russisch gut und leider könnten wir ja alle kein Russisch.«

»Das ist von Tolstoi, aus *Anna Karenina*,« wirft Fiona ein.

»Ah, man merkt gleich das Bildungsbürgertum!« Das

hätte ich mir besser verkniffen, merkt Tom sofort, aber zu spät.

»Sei doch nicht eingeschnappt. Du wirst bald Dr. Windmann. Darauf kannst du stolz sein. Und auf dieses Ballseminar.«

»Ballistik!«

Wie gerne würde er dieses Mädchen in den Arm nehmen und küssen! Mit dem FSJ und der Doppelausbildung ist Fiona eine junge, erwachsene Frau, das ist ihm schon klar.

»*Aber der große Lew Nikolajewitsch irrt*, hatte Alex behauptet. Ha, ich habe sogar die Vornamen von Tolstoi parat, jawohl. Wenn den Betreffenden nicht die gleichen Dinge im Leben wirklich wichtig sind, dann ist mit dieser fehlenden Wertebasis schon mal eine gute und meist schon hinreichende Grundlage für ein früher oder später zutage tretendes Unglücklichsein gelegt. Das trifft wohl auf unsere Mütter und Väter irgendwie zu, oder?«

Fiona nickt.

»Eine großartige Gemeinsamkeit! Stimmt aber. Ja, oder nimm die Ungleichbehandlung von Geschwistern in einer Familie. Das gibt es so oft. Das ist im Grunde das Kain-und-Abel-Motiv. Kain hat sich genauso abgerackert wie Abel.«

Eine Weile stehen sie schweigend auf einer der geschwungenen, hölzernen Brücken und sehen in den kleinen Bach hinunter.


»Was liest du so? Liest du überhaupt was? Ich meine, außer Lew Nikolajewitsch? Dass du dich jetzt voll auf deine Dissertation und die anstehende Prüfung konzentrierst, ist klar. Aber sonst?«

»Touché. *Confessions of a physicist*. Ich bin ehrlich. Ich

bin kein großer Leser. Bestimmte Krimis lese ich gerne, und natürlich die Discworld-Romane.«

»Ja klar, *Octarine*.«

»Terry Pratchett ist gar nicht so ohne. Nimm z.B. die *Nightwatch*.«

»So weit bin ich noch lange nicht.«

»Also Spoileralarm. Ähm, ich finde darin jede Menge politischer Statements, sehr realistisch. Letztlich kommt es in der Gesellschaft darauf an, ob sich jemand an die Regeln hält oder nicht. Einem skrupellosen Lügner zum Beispiel eröffnen sich erschreckende Möglichkeiten. Das ist eine starke Botschaft darin. Wenn es soweit ist, diskutiere ich sehr gerne mit dir darüber.«

»Was für Krimis magst du? Vielleicht kenne ich ja welche davon. Obwohl …«

»*Nightwatch* z.B. ist eigentlich ein Kriminalroman und ein Gesellschaftsroman. Eine spannende Story transportiert eine gesellschaftliche Message. Ja, natürlich, die zehn Bände von Sjöwall-Wahlöö kann ich fast auswendig. –Ja, wen noch? Håkon Nesser auf jeden Fall. Eigentlich will ich ja auch noch Schwedisch lernen. Und du?«

»Ich will eigentlich kein Schwedisch lernen. Ja, ich weiß, was du meinst. Schon viele Autorinnen, Iny Lorentz, obwohl, da ist ein Mann dabei, Rebecca Gablé, Jenny Erpenbeck, Marlen Haushofer. Kürzlich las ich etwas von Wolf Edvardsen, *Der Giftzwerg und andere Geschichten. Nicht lustig und garantiert ohne Happy End.* Sehr deprimierend. Einerseits.

»Was hat es mit dem *Giftzwerg* auf sich?«, will Tom wissen.

»Ein weltgewandter, dominanter Sugardaddy, der im

Beruf gewohnt ist, dass alle sofort springen, wenn er es verlangt, prunkt mit seiner exotischen, goldverzierten jungen Frau. Hinter ihrem Rücken lässt er sich einerseits lang und breit über ihre intellektuellen Defizite aus. Ihre Unfähigkeit vorauszudenken oder mit Geld umzugehen. Andererseits lässt er sie kritiklos gewähren und gibt ihr in allem Recht. Um sie bei Laune zu halten, sorgt er stets dafür, dass sie ein schönes Leben hat und nicht vorauszudenken braucht. Als er alt und krank bis zur Pflegebedürftigkeit geworden ist, kehren sich die Machtverhältnisse in deren Ehe allmählich um, bis er schließlich in jeder Hinsicht von seinem Geschöpf abhängig ist. Ein klappriges Männlein, mittels Babyphone überwacht, das vor ohnmächtiger Wut kocht. Aus dem Grandseigneur mit Chauffeur ist ein Giftzwerg geworden, der nach außen, bei seinen Nachbarn ringsum, Gift und Galle spuckt.«

»Warum liest du so etwas bloß?

»Aus fremden Erfahrungen kann man relativ schmerzfrei lernen. Der *Giftzwerg* lehrt, dass eine von Anfang an total unsymmetrische, pathologische Ehe sich nicht repariert. Auf mich selbst bezogen habe ich verstanden, dass es richtig war, dass meine Eltern sich scheiden ließen, zum Beispiel.«

Tom denkt einen Moment nach.

»Das kann ich nachvollziehen. Ich fand's letztlich auch besser, dass meine Eltern sich trennten. Aber wenn ich was lesen soll, brauche ich schon etwas Licht am Ende des Tunnels!«

»Der Täter wird überführt und bestraft, verstehe. Ach ja, das habe ich ganz zuletzt gelesen, meine Freundin Anna, die sich ja für's Lehrerinnendasein entschieden hat, hatte mir ein Päckchen Bücher dagelassen, falls ich mich doch auf

Schule einstimmen wollte, meinte sie. Lustige und ernste. Professor Galetti, *Das größte Insekt ist der Elefant*, Ernst Heimeran, *Lehrer, die wir hatten*, Friedrich Mahlmann, *Pestalozzis Erben*. Da kotzt sich ein Schulleiter über seine faulen Lehrer aus, und Wolfgang Wilhelm, *Schulweisheiten*. Da kotzt sich ein Lehrer über alles Mögliche aus, nicht nur über seinen Schulleiter. Ich denke, meine Entscheidung gegen den Schuldienst war goldrichtig.«

»Du, Fiona, das sagt mir alles nix. Das ist doch toll, wie wir uns auf dem Gebiet ergänzen. Ich seh's jedenfalls positiv. Nein, Scherz beiseite, ich bin immer bereit, etwas dazuzulernen.«

»Du, Tom, in einer guten Ehe können die Partner durchaus unterschiedliche Interessen haben, wenn sie sich nur in grundlegenden Dingen einig sind.«

»Führst du eigentlich ein Tagebuch?«, will Fiona noch wissen.

Tom ist überrascht. »Tagebuch? Nö.«

Fiona macht *hm* auf die Weise, die ausdrückt: Ich sag jetzt mal nix dazu, das solltest du dir allerdings noch einmal gut überlegen!

»Tagebuchführen ist so 'n Frauending. Ich denke aber mal drüber nach. Was ich noch sagen wollte zum Thema *Giftzwerg*. Mein Freund Christian ist Experimentalchemiker und promoviert in der anorganischen Chemie. Ziel bei denen scheint es zu sein, Verbindungen zu synthetisieren, die es eigentlich gar nicht geben dürfte. Unter ganz speziellen Bedingungen, unter Schutzgasatmosphäre und Feuchtigkeitsausschluss, halten die so grade zusammen. Werden die Bedingungen nicht eingehalten, fliegt das Zeugs auseinander. Es brennt und giftige Gase werden frei. So ist das vielleicht auch mit manchen Ehen. Das ist vielleicht ein wenig weit hergeholt. Aber so denke ich eben. *Homo faber*.«

»Hm, *homo faber*, sieh mal an. Das ist aber gar nicht so verkehrt. Goethe hatte in seinen *Wahlverwandtschaften* eine ähnliche Idee. Aber sag mal, was steht für morgen für dich auf dem Programm?«, beginnt Fiona unschuldig nach einem erneuten Moment des Schweigens.

»Mr. Lydia Windmann besucht einen Kurs für diese umständliche japanische Maltechnik, *Sumi-e*«, antwortet Tom ohne Begeisterung.

»Wie geht das? Und wieso umständlich?«

»Soweit ich auf dem Informationsblatt gelesen habe, bringt der *Sumi-e*-Meister nur durch Variierung des Pinselandrucks und gekonntes Verdünnen seiner Rußtusche mit Wasser tolle Bilder hervor. Du kennst das sicher, der Fuji, Kraniche, Bambusstängel mit Blättern, so Sachen.«

Dann fällt ihm noch ein: »Ähm, gewissermaßen *Many Shades of Black and Grey*.«

»Verstehe. Das ist nicht so deins. Und das ist gut, denn ich habe mir eine Umbuchung erlaubt. Es wird der Tommy im Regenwald mit mir *hiken* gehen. Eigentlich wollte ich mit dir in die Abendsonne hinausfahren, aber es gab keine Plätze mehr. Jetzt gibt's eben den Regenwald.«

»Das ging einfach so?«

»Ja, klar, die vom *hospitality board* helfen, wo sie nur können. Wir fahren ein Stück auf der berühmten *Road to Hana*. Die nennen das *a narrated van tour*, lustig, nicht, also das bringt uns zu einem einzigartigen Tal und ab geht's in den Regenwald. Das wird toll, sag ich dir!«

»Bestimmt, ich freu mich total auf morgen!«

»Ich hab jetzt noch was vor, bis morgen früh. Und denk an Sonnenschutz, Sonnenbrille, Shorts, Badehose drunter, T-Shirt, *athletic shoes*. *Water socks* werden bei Bedarf gestellt, kannst deine Froschfüße also im Hotel lassen! Ach so, Handtücher bringt der *guide* mit.

»Handtücher?«

»Regenwald, Regen, nass?!«

Und weg ist sie wieder.

»Was hat die denn schon wieder vor? Die geht doch nicht mit mir in den *jungle* und mit Douglas …«

Tom geht noch beim Organisationsteam vorbei und fragt ganz vorsichtig, ob sie mal gucken würden, ob Mrs. Fiona Thibault am kommenden Abend schon eine Aktivität gebucht hätte, falls das nicht *for data protection reasons* verboten wäre.

»*This is not the secret service, we'll look, no, no activity, I'm sorry.*«

»Guut«, sagt er auf Deutsch, *er, tomorrow's Champagne Sunset Whale Sail? I know, it was fully booked, but perhaps something has changed?*«

»*You're lucky, two persons?*«

»Ja! *Two persons. Thank you so much!*«

»*You're welcome.*«

In seinem Hotelzimmer guckt er ohne groß zu denken noch einmal auf die Aktivitätsübersicht für den *lustigen Triathlon plus* für den heutigen Tag. N°.1 war das Müllsammeln und N°. 2 Füttern und Versorgen von Streunerkatzen! *…a volunteer based non profit animal rescue dedicated to the homeless, hungry, neglected and forgotten cats and kittens of Maui.* Da ist sie also noch hin!, wird ihm klar.

Er schreibt ihr schnell eine SMS: »Nimm dir bitte für morgen Abend nichts vor. *Casual attire, light jacket, slip-off-shoes*. Tom.«

»O.k. Bin gespannt!«

Und ein glücklicher Tom Windmann begibt sich zur Ruhe.

# TAG 3

O8:30 a.m. wird die Gruppe am Hotel abgeholt. Auf der *narrated tour* berichtet ihr *guide* Eric Torgeirsen, ein blonder, blauäugiger Mann Mitte 30 skandinavischer Abstammung, allerlei Wissenswertes über die hawaiianischen Inseln allgemein und Maui insbesondere, wobei er auch Fragen an seine Passagiere stellt.

Fiona kennt sich verblüffend gut aus. Sie kennt sogar einige Namen der nordwestlichen Inselchen. Es sind nur meist winzige Überreste alter, versunkener Vulkane, die kaum noch aus dem Wasser ragen.

»Manchmal stelle ich mir vor, ich würde allein auf Nihoa leben. Fast 70 Hektar, das ist groß genug. Nihoa war sogar mal besiedelt. Leider gibt es kein Trinkwasser dort«, sagt sie zu Tom.

»*Eric*«, ruft sie, »*could I survive on Nihoa?*«

Es gebe dort nur Sickerstellen, aus denen Wasser austrete, antwortet ihr *guide*. Und das schmecke nach Guano. Nicht bekömmlich. Keine Obstbäume oder Taro, nein, Überleben könne man heutzutage nur mit Wasser- und Nahrungsvorräten.

»*But you know, all these small islands are strictly protected by the United States Fish and Wildlife Service.*«

Wenn man einen sehr hitzigen Wortwechsel erleben wolle, müsse man bei den richtigen Leuten das Thema

Wasserrechte ansprechen. Der König habe eine Art Wette abgeschlossen. Die weißen Plantagenbesitzer bekamen eine Frist gesetzt, bis zu der die Wasserrinnen aus dem Regenwald fertiggestellt sein mussten. Bei Nichteinhaltung gehörten die Felsdurchbrüche und Kanäle ihm, dem König, bei rechtzeitiger Fertigstellung durften die Zuckerrohrpflanzer so viel Wasser zur Bewässerung ihrer Felder unten an der Küste nutzen, wie sie wollten. Und der König habe die Wette verloren. Die Gruppe würde auf der heutigen Wanderung an diesen Rinnen entlang laufen und durch die Tunnel kriechen, durch die noch heute die Plantagen ihr Wasser bekämen.

Auf dem Parkplatz müssen erst einmal alle Teilnehmer, wie immer, unterschreiben, dass sie für alles selbst verantwortlich sind, niemand in den USA irgendwelche Ansprüche im Falle welchen Missgeschicks auch immer anerkennen würde, usw.

Dann verteilt Eric einfache Regencapes, empfiehlt im Falle eines Falles seinen *after-bite- stick* auszuleihen, und los geht es durch einen richtigen, tropischen, üppigen Regenwald, vorbei an etlichen malerischen kleinen Wasserfällen.

Das sei das Faszinierende an Maui. Wolle man Sonnenschein und angenehme Wärme, gehe man an die Südküste. Ordentlich Wind und Wellen zum Surfen gebe es an der Nordküste, ständige Feuchtigkeit hier im höher gelegenen Regenwald und gar nicht so selten Schnee oben am *Haleakalā*.

Eric zeigt seinen Gästen typische hawaiianische Regenwaldpflanzen. Kaffeesträucher, Kakaobäume, Macadamiabäume, Orchideen natürlich, Mangobäume, die kletternde

Passionsfrucht, Papayabäume, Kurkumakräuter, Ingwer gelb- und rotblühend, Hibiskus, Frangipangi natürlich, auch Plumeria genannt, das ist ein Strauch, aus dessen duftenden Blüten man *lei* flicht. Großblättriges Taro, dessen stärkehaltige Knollen früher ein Grundnahrungsmittel darstellten.

Nein, das berühmte Silberschwert gedeihe nur in den oberen Höhenlagen Westmauis sowie am *Haleakalā*. In der Caldera.

Bei den seltsamen Eukalyptusbäumen löst sich die äußere Schicht der Borke in langen Streifen ab. Auf dem Boden liegt alles voll davon. Kleine Bananen dürfen sie pflücken und verzehren.

Fiona beeindruckt Tom ein weiteres Mal. Sie besitzt verblüffende botanische Kenntnisse. Ach na klar, fällt ihm dann aber ein. Sie hat das ja gewissermaßen studiert.

Toms Blick auf die Botanik ist recht schlicht. Die Blüten des Hibiskus sind einheitlich rot, die von Passionsfrucht und Frangipangi sind jeweils irgendwie farblich so ineinander übergehend. Bei dem Mangobaum sind die Blätter lang und spitz, bei Macadamia und Kakao nicht spitz und alle ziemlich dunkelgrün.

»In der Mittelstufe hatten wir Bio bei zwei Lehrern, und jeder hat das Wiesenschaumkraut mit uns durchgenommen. Und ich weiß nix mehr davon. Und in der Oberstufe hatte ich kein Bio mehr. Und dass es viel mehr als die sieben Hawaii-Inseln gibt, wusste ich auch nicht.«

»Das ist eine ganz lange Inselkette. Von den meisten ist eben nur kaum noch etwas übrig. In dem Erdmantel liegt ein ortsfester Hotspot, und die pazifische Platte mit Hawaii drin schiebt sich drüber.«

Als sich der Dschungelpfad weitet, nimmt sie ihn plötzlich bei der Hand.

»Los, die Überraschung. Ich glaube, da vorne ist es!«

Der kleine Fluss, der ihren Weg schon eine Weile begleitet, stürzt gute zehn Meter über eine Felswand in einen See mitten im Dschungel.

Wie ein halber Torus begrenzt ein Felsenrund den See. Fiona meint, es könnte sich um einen kleinen Nebenkrater handeln.

*Local kids* springen unbekümmert von Felsvorsprüngen hinunter. Bei der ständigen Feuchtigkeit hier, sind die Felsen dann nicht bemoost und furchtbar glatt und glitschig?, fragt sich Tom.

»*Down there is a perfect swimming area, just jump off the rock ledges into the pool*«, lädt Eric sein Grüppchen ein.

»Los, sei kein Frosch«, ruft Fiona, »ausziehen!«

Tom sieht natürlich hin, als Fiona die Oberbekleidung ablegt. Sie trägt ein Bustieroberteil und High Waist Badeshorts. Beides so mittelblau. Damit könnte sie, ohne aufzufallen, bei uns an einem warmen Sommertag durch die Fußgängerzone laufen, denkt er.

Er trägt seine kleine, türkis-schwarz-gelbe Badehose. Die hinreichend darüber informiert, was eine Frau vielleicht doch zumindest am Rande interessiert.

Erstaunlicherweise ist das Gestein der Felsen frei von Moos, leicht porös und dadurch richtig griffig.

»Du zuerst, sagt er zu ihr, »wenn's gutgeht, komme ich nach.«

»*You're such a sissy!*«

Platsch. – Platsch.

Das Naturbecken scheint tief zu sein. Und trotz der vielen Sprünge bleibt das Wasser klar. Der Boden ist vermutlich mit Kies bedeckt, statt mit Sand oder Schlamm.

Die *local kids*, die immer wieder die Felsen hinaufklettern und hinunterspringen, scheinen keinerlei Kälteempfinden zu besitzen, *lucky ones*!


»Nochmal?«, fragt er, »wir beide zusammen?«

Wie wunderbar es doch ist, die Hand der Frau zu halten, in die man verliebt ist.

Platsch.

»Echt, Fiona, Überraschung gelungen. Das ist einmalig. Toll. Und kalt. Toll kalt.«

»Los, einmal noch«, ruft Fiona.

Der Sprung vom Felsen und das Eintauchen in diese Kraterbadewanne sind schon einmalig, findet Tom. Als er seinen Kopf wieder aus dem Wasser hebt, bekommt er den Schreck seines Lebens. Er taucht zu Fiona.

»Ich muss hier raus und verschwinden. Sofort. Der darf mich auf keinen Fall sehen. Ich hier. Auf Maui.«

»Du redest wirr, scheint mir. Was ist's, das dich beunruhigt?«

»Das heißt Dr. Lars Rüter und ist der Dackel vom Chef!«

»Wo, wer?«

»Der da oben, gleich springt er, der mit den blauen Surfklamotten an.«

Fiona guckt hoch.

»Hallo, hallo«, ruft sie fröhlich hinauf und winkt dem Blaumann.

»Bis du irre? Ich krieg richtig Ärger, wenn der mich sieht.«

Der sportliche Typ von da oben schaut hinunter und winkt zurück.

»Das ist Bernhard, mein Manager. Der muss mit einer anderen Gruppe hergekommen sein. Also Entwarnung!« meldet Fiona und wuschelt Tom durchs Haar.

»Alles wieder o.k.?«

»Mann, Mann, hab ich einen Schreck gekriegt. Die sehen sich echt verdammt ähnlich!«


Sie schwimmen zu dem kleinen Kiesstrand, steigen aus dem Wasser und klettern zu Eric hoch, der ihnen ein Badehandtuch reicht. Wenn möglich, eins für beide, *if you don't mind.*

»Oh, hast du dich verletzt?«, fragt Fiona

»Wo, was?«

»Da, die lange rote Schramme über deiner Badehose.«

»Ach da, nein, das ist eine OP-Narbe, die sich irgendwie nicht richtig … nennt man das zurückbildet hat?«

»OP, junger Mann?«

»Selbstüberschätzung. Mein Vater wollte in der Werkstatt ein paar Maschinen anders aufgestellt haben und auch den Amboss. Der war dann doch schwerer, als ich dachte. Leistenbruch.«


Zurück soll es in einem malerischen Bachbett durch ein richtig romantisches Felsengewirr gehen. Wegen der sehr spitzen und scharfen Steine darin verteilt Eric die *water socks.*

»*You're really tall, Tom, I'm afraid, er, no water socks which would fit you, sorry.*«

Eric überlegt kurz. Dann beschreibt er Tom den Weg um die Felsen herum, er solle die Brücke über den kleinen

Wildbach nehmen, an der Kreuzung der Wanderwege rechts, immer weiter bis zum Parkplatz.

Hätte ich doch bloß meine eigenen *water shoes* mitgenommen, ärgert sich Tom. Doch das hilft ja nichts. Der Regenwald hat sich inzwischen seines Namens erinnert und regnet ganz ordentlich auf die Gruppe herunter. Was soll's. Sie haben die Regenpelerinen; Tom setzt sich seinen geliebten Schlapphut auf und marschiert in die beschriebene Richtung los.

Es regnet nun wirklich heftig. Aber Tom genießt die Wanderung. Der Regen ist nicht kalt, fast angenehm. Ein bisschen Abenteuer. Der kleine Wildbach, an den er erwartungsgemäß gelangt, gebärdet sich mehr wild als klein. Das Wasser schäumt sogar schon über das Brückelchen. Und der Geröllweg, auf dem er weiterläuft, wird in erstaunlich kurzer Zeit zu einem Bach. Ein Hinweisschild warnt davor, bei plötzlichem starken Regen in den *creeks* zu laufen.

Wie das Wasser, immer bergab, *steepest descent*, denkt Tom. Ich werd' schon ankommen. Er ist nicht einen Moment beunruhigt.

Tom passiert ein einsames Haus. In einem offenen Schuppen, ziemlich *ramshackle*, steht ein grünliches, oder ist das Moos, in dieser immer feuchten Luft?, Mercedes Coupé. Das dürfte die Baureihe W 111 sein, denkt Tom. Typisch Amis, alte Autos lassen sie einfach so vor sich hingammeln und die Garage gleich mit.

»*Hey, you, wait*!«, ruft eine Frauenstimme Die Besitzerin der Stimme kommt vom Haus auf ihn zugelaufen.

»*I? Er, me?*«

»*You are the man! A tall man with a funny floppy hat. Eric is looking for you, he's really concerned that you got lost!*«

»*What, lost? Why, he told me to walk that path along until the crossing with the ähm solitaire eucalyptus tree and then turn right, over the ähm, torrent, always downhill and here I am.*«

»Wir können ruhig Deutsch reden, junger Mann.«

»Ach, hört man das so deutlich heraus?«

»*Your German accent, you are never going to loose it.* Ich bin Ulrike aus Bremen.«

Ulrike erinnert Tom sofort an Albert Einstein, wie eine weibliche Version Einsteins in seinen späteren Jahren. Die braunen Augen, die hohe, leicht gerundete Stirn mit den vielen Querfalten und die fransig abstehenden, schon ziemlich nassen Haare vor allem. Ohne den Schnurrbart, versteht sich.

»Bremen, da war ich auch mal. *Buten un binnen, wagen un winnen*! So heißt es doch?«

»Moment, ich muss Eric gerade Bescheid geben.«

Sie bedient ihr Handy.

Dann lacht sie.

»Die Welt ist doch klein. *Buten un binnen*, ich hätte nicht gedacht, dieses Motto noch einmal ausgesprochen zu hören, schon gar nicht hier im Dschungel. Ja, also Eric ist vielleicht happy, er hat sich echt Sorgen gemacht, dass er einen Touristen an den Dschungel verloren hätte.«

Tom zeigt gestisch sein Unverständnis.

»Man kann hier ganz schnell von Sturzbächen überrascht werden. So wie das angefangen hat zu regnen, die Zugänge zu den Wanderwegen unten sind schon geschlossen worden!

Du hattest offenbar Glück, die eine Brücke ist schon überschwemmt. *Never mind*, es ist dir ja nichts passiert. Du gehst einfach weiter runter, du kommst dann zum Parkplatz.«

»Mach ich. Aber nun bin ich doch neugierig. Warum bist du von Bremen hierher gekommen?«

»Ganz einfach. Ich war ein Hippie. Das *Valle Gran Rey* war uns damals schon zu spießig und *too crowded*. Und wir hatten eine naive, falsche Vorstellung vom angeblichen Paradies Hawai`i. Ich bin aber hiergeblieben.«

»Und lebst jetzt im Dschungel so vor dich hin? O.k., ganz schön weit nach *buten* bist du ja gekommen!«

»Nee, vor mich hin, schön wär's, auf Maui bekommt man nichts geschenkt. Ich arbeite als *guide*, genau wie Eric. Wir kennen uns gut und helfen einander. Das muss man hier. Man wirft ein paar Samen auf den Boden, und so gut wie alle keimen und es wachsen junge Pflanzen daraus, das ist großartig. Und dann verkaufe ich die selbstgeernteten Früchte und frische Säfte daraus, Ananas, Mangos, Papayas und Orangen unten in einem kleinen Straßenstand, an der Uferstraße nach Kaholui. Und Heilkräuter verkaufe ich auch noch, vor allem an die asiatischen Touristen. Willst du hier überleben, brauchst du mehr als einen Job.

»Ganz schön *tough*!«, sagt Tom und denkt, na, diese rauhe Stimme hast du aber nicht vom Kräutertee bekommen.

Laut fragt er: »Ach sach ma, das Kabrio, is' das 'n ein alter W 111?«

»Hm, mein schönes Auto. Diese ständige Feuchtigkeit tut ihm nicht gut. Und Haus und Garage auch nicht. Ich warte schon seit Monaten auf Ersatzteile. Die müssen umständlich über Singapur kommen. Aber so ist das auf Hawai`i.«

»*I see*. Ja, also danke. Und tschüüs, Ulrike aus Bremen,«

Nicht nur Eric, sondern auch Fiona scheint froh zu sein, den Herrn mit Schlapphut wohlbehalten am Parkplatz vorzufinden.

»Eric wurde ganz schön unruhig«, erzählt sie ihm, »als du nicht da warst, wo er gedacht hatte, und telefonierte immer hektischer rum. Und ich dachte so, Tom wäre vielleicht doch besser zu seinen *Fifty Shades of Grey* gegangen.«

Am frühen Nachmittag sind sie wieder am Hotel. Im schönsten Sonnenschein.

»Also, um halb fünf werden wir nachher abgeholt zu meiner kleinen Überraschung«, sagt Tom zu Fiona. »Essen und Trinken gibt's auf der Überraschung. Und so gegen 8 p.m. sind wir zurück.«

Sie hat noch etwas auf dem Herzen.

»Wegen deiner Überraschung. Hm, *slipp-off-shoes?* Wir hopsen hoffentlich nicht barfuß Touristen-Hula um ein totes Schwein herum, das in so einem Erdloch vor sich hin qualmt? Und dann dürfen wir barfuß durchs Feuer laufen? Mir fallen sofort ein, zwei Manager ein, die würden das sofort machen, von wegen harter Mann mit Führungsqualität und so. Und dann müssen wir das Schwein auch noch essen?«

»Genau. Dr. Schulz rennt zweimal, mindestens, hat sich schon *committed*.«

»Wie, der Charly?!« Dann merkt sie es.

»*You're pulling my leg, aren't you?*«

»Schon was mit Tieren, aber keine rauchenden Schweine! Es ist eben meine kleine Überraschung für dich.«

»Prima. Und zum Abschluss des Tages würde ich dich gerne am *ballroom entrance*, also *ma kai*, um halb neun abholen. Kleines Strandfest mit Lagerfeuer! Falls mir deine *activity* nicht gefällt. Dass du schon mal Bescheid weißt. Es könnte also ein bisschen spät werden, ich leg mich noch mal ein wenig hin.«

Und auch Tom genehmigt sich noch ein *nappy*.

Erfrischt und voller Vorfreude geht Tom noch ein Stückchen wieder auf dem herrlichen Parkgelände des Hotels spazieren und gelangt zur *wedding chapel*. Die liegt inmitten einer eigenen kleinen, idyllischen Gartenanlage mit Naturteich.

Er setzt sich im Halbdunkel des kühlen, stillen Kirchenraumes auf eine der weißen Holzbänke, lässt die großen Fenster mit den bunten, figürlichen Darstellungen einer Südseetrauung auf sich wirken und hängt seinen Gedanken nach. Er stellt sich vor, dass ein anderer Tom Windmann gleichzeitig mit den drei übrigen Simulanten bei Pappbechercafé und klebrigem Kuchen in der Cafete säße.

Da geht die Kapellentür auf, er hört lachende Stimmen, offenbar ein junges Paar. Man kann hier tatsächlich heiraten, denkt Tom und dreht sich um.

Als er Fiona erkennt, eingehakt bei ihrem männlichen Begleiter, fühlt er einen ganz kleinen, aber deutlichen Stich.

»*Hi. Nice place, really*«, sagt er nur und geht hinaus.

Ich bin echt eifersüchtig. Ich mag diese Frau sehr. Das wird ihm jetzt ganz klar. Und die heftige Wunschvorstellung, dass sie beiden, Fiona bei ihm im Arm untergehakt, jetzt in der Hochzeitskapelle stünden, bereitet ihm jenes Gefühl von Trauer, das sich schlagartig einstellt und das man tatsächlich im Bauch spürt.

Tom Windmann lass das Träumen sein, *hullabaloo belay*.


»Du warst vorhin so komisch, in der Kapelle. Ist was?«

Die beiden sind die ersten beim Shuttlebus für Toms Überraschungsaktivität.

»Nein. Das heißt eigentlich doch, ich hatte schon eine ganze Weile dagesessen und vor mich hin geträumt, was ich hier schon erlebt habe. Es ist alles irgendwie so unwirklich-wirklich und wen ich kennengelernt habe und auch an dich gedacht und dann kamst du wirklich herein. Deswegen, das war ein bisschen seltsam.«

»Es ist alles wirklich und gar nicht seltsam. Douglas kennst du ja. Er überlegt ernsthaft, ob er seine Hochzeitsreise nach Maui machen sollte und dass er und Erin Mae dann so wie er und ich eben in diese Kapelle eintreten.«

»Gut!«, sagt er, eindeutig zu emphatisch.

Sie sieht ihn ein wenig fragend an.

»Ich meine, es ist wirklich ein einzigartiger Ort für so einen einmaligen Tag. Fiona?

Ich wollte …«

»Ja, Thomas?«

»Ach nichts, ich meine, bist du schon gespannt?«

»Thomas?«

»Fiona?«

»Wir kennen uns nun doch schon eine Weile und du bist ein sympathischer Mann und im wahrsten Sinne des Wortes geländegängig.«

Sie scheint zu überlegen und Tom hofft, dass Fiona gleich das Richtige sagt.

»Wegen Douglas.«

Ein leichter Uppercut in die Magengrube.

»Wir sollen das eigentlich nicht tun. Wegen *on vacation*. Er und ich sind im selben Team, an verschiedenen Enden sozusagen. Er ist bei der Datenbankentwicklung und ich bin im Sales. Weil wir, also die *Cloudius* doch die neue *database* demnächst launchen werden …«

»Triffst du dich mit Douglas und noch welchen immer dann, wenn du noch mal schnell was vorhast.«

»Ja, für eine kurze Telko, ob alle *on schedule* sind und so. Äh, wegen Douglas. Der ist total in Ordnung. Du hast dich ja schon mal mit ihm ganz gut unterhalten, als wir Pizza essen waren und Douglas meinte, du könntest dich vielleicht bei uns bewerben. Ja ich weiß, dass du furchtbar gerne Physik machst und Ballseminare für Lehrer gibst – sie lacht – aber denk mal drüber nach. Wir haben übrigens ein Programm: Mitarbeiter werben Mitarbeiter. Ich bekäme sogar eine Prämie. So, ich muss jetzt noch mal schnell wohin. Bis gleich.«

Da rennt sie los. Tom sieht ihr nach.


»Wir fahren zur Marina?«, fragt Fiona erstaunt.

Tom nickt nur. »Wart’s mal ab!«, sagt er nur.


Am Landungssteg werden die Teilnehmer gebeten, ihre Schuhe auszuziehen und in die bereitstehenden Behälter zu stellen. Die Organisation klappt einmal wieder vorzüglich. Es folgen die übliche Haftungsausschlussbelehrung sowie einige Sicherheitshinweise.

»Bitte sehr, diesen schicken Katamaran habe ich für dich
gechartert. Es macht dir doch nichts aus, dass noch so an
die 50 weitere Leute mitfahren?«

»Du hast uns noch was buchen können? Das ist ja toll!«

Tom und Fiona gehen *aboard* eines modernen Katamarans,
der wohl 100 Passagieren Platz bieten dürfte. Rumpf und
Decksaufbauten sind weiß. Unter Motor legt das Boot zügig
ab und die junge Crew hantiert geübt mit Leinen und Kur-
beln. Das weiße Großsegel trägt in geschwungenen Lettern
den Schiffsnamen: *Ali'i Nui.*

Timothy, ihr rotbärtiger Captain, gibt über Lautsprecher
einige Hinweise durch. Das Wichtigste zuerst: Erst wenn
sie außerhalb der Dreimeilenzone wären, dürften *alcoholic
beverages* ausgeschenkt werden.

Mit dem stetigen, noch ablandigen Nordwestwind würde
das Boot aber schnell hinauskommen. Und im *salon* stünden ein kleines *buffet* und eine Getränkeauswahl bereit.

Bei der Ausfahrt aus dem Hafen passieren sie zwei große,
ankernde Segeljachten. Die *Scotch Mist,* informiert Timothy, sei so etwas wie eine bequeme Rennjacht. Der Skipper
heiße Turk, und sie alle fragten sich, wie es möglich sei, dass
Turk auch bei starkem Wind sein großer Strohhut nicht
davonfliege. Es sei ein Rätsel.

»*Double-sided tape*«, ruft jemand.

»*Reasonable idea, but no, we've already checked on
that!*«

Und diese grüne 58-Fuß-Jacht sei die *Ioanna*. Die ist
oben von Canada herunter gesegelt gekommen. *Tough girl!*

Und der schwarz-weiße Riese im Überseehafen dort hinten ist die *Queen Victoria*, ein klassisches Kreuzfahrtschiff.

Zur Begrüßung bekommen alle Gäste erst einmal ein Gläschen Champagner.

Die Verpflegung ist wie gewohnt ausgezeichnet. Von wegen kleines Büfett. Es gibt Sandwiches, viele verschiedene Salate, Brot dazu, Fingerfood mit diversen Dips, Hackbällchen, Gemüsebällchen, Wraps, Tapas, Minipizze. Dazu Bier, Wein und natürlich alkoholfreie einheimische Fruchtsäfte.

Nachdem sie sich gestärkt haben, halten Tom und Fiona an der Reling, mit je einem Drink in den Händen, Ausschau nach Meeressäugern. So wie die meisten anderen auch.

Drei, vier Rückenflossen tauchen auf und verschwinden wieder, so geht das eine Weile.

»*Dolphins*«, ist man sich schnell einig.

Der eigens mitgeführte *certified marine mammal naturalist* von der *Pacific Whale Foundation* bestätigt dies auch.

Fiona besucht zwischendurch einige Male den Salon und erkundet die Welt der Cocktails. Die mit Guavensaft haben es ihr besonders angetan. Es gibt sie mit Jamaikarum, Whisky, Tequila, Orangenlikör, Ananas-, Orangen- oder Limettensaft, Minzeblättchen, Limetten- oder Grenadinenscheibchen und noch viel mehr. Und sogar alkoholfrei. Aber das muss ja nicht sein. Tom findet Gefallen am *Drambuie*, einem schottischen Whiskylikör.

»Wusstest du, dass Fiona ein schottischer Name ist?«

Auch das wusste Tom bislang nicht.

»Eigentlich müsste ich *Jaric* heißen.«

»Und warum eigentlich und warum wiederum heißt du nicht *dscharick*?«

»Na, wegen meiner roten Haare natürlich. Und aber nämlich weil man das *Dearg* schreibt. Soviel Verstand plus Mitgefühl hatten meine Eltern bei aller Begeisterung für Schottland dann doch. *Abhainn Dearg* ist übrigens ein schottischer Whisky. Und jetzt ist für Fiona Schluss mit den Drinks. Ich glaub', ich habe einen kleinen Schwips. Ich will aber mit dir ins Netz. Sofort!«

Sie meint das Trampolin, also das Netz, das im Bug zwischen den beiden Rümpfen gespannt ist. *A great lounge area, especially if you like to feel the cold spray of the sea.*

Sie nimmt Tom bei der Hand und balanciert mit ihm über den Mittelsteg. Vorsichtig legen sich beide in das schwankende Netz, unter ihnen direkt und ziemlich nah der pazifische Ozean, über den das Boot schnell hinwegjagt, in den Sonnenuntergang hinein.

Sie halten sich bei der Hand und sagen nichts.

»*Thar she blows*!« ertönt ein Ruf.

Alles drängt sich an der Reling. Tom und Fiona, allein im Trampolin, haben freie Sicht. Tatsächlich! In einiger Entfernung, Wal, da bläst er.

Und dann durchbricht ein großer Buckelwal die Wasseroberfläche, mehr als die Hälfte des Riesen erscheint über dem Wasser, *a full breach*! Hoch spritzt das Meer auf, als der große Meeressäuger klatschend wieder eintaucht. Das phantastische Schauspiel wiederholt sich noch zwei Mal, jedes Mal begleitet von den Ah- und Oh-Rufen der Menschen an Bord.

»Weißt du was, sagt Fiona, *I'm happy*!«

Nach gut zwei Stunden auf dem offenen Wasser dreht der Katamaran den Bug und braust unter Motor in Richtung Marina. Fiona und Tom halten sich immer noch an den Händen und versuchen zunächst, sich frei an Deck stehend zu halten. Das gelingt ihnen ganz prima, als sie einander die Arme um die Hüften schlingen.

»Danke«, sagt sie nur, als sie am Hotel ankommen.

»Es war ja ohnehin eigentlich deine Idee«, erwidert Tom.

»Gehen wir noch für einen Moment zum Strandlagerfeuer?«

»Na klar, machen wir«, antwortet er.

Am hoteleigenen Grillplatz am Strand sitzen ein paar der Leute, die Tom vom Pizzaessen her kennt, um ein schönes Feuer, braten Marshmallows am Stöckchen, unterhalten sich, jemand zupft auf einer Gitarre. Der Gitarrist reicht den beiden je ein Bier.

»*This is a drink and sing meeting! Tom, you're next. No excuses!*«, fordert der Biergeber.

»*What? Drink and sink?*

»*May be, later on. Now it's show time!*«

»Wo wir doch das Klavier von Opa Emil haben, Thomas, warum willst du partout nicht Klavier spielen lernen?«, hatte einst seine Mutter gefragt.

Er hatte etwas von unpraktisch, ortsfest, immobil gemurmelt. Schon weil seine Mutter ihn dazu drängte, mochte er das Instrument nicht.

»Dann eben Gitarre. Klassische Gitarre kann doch auch

etwas Edles sein, nicht? Und so ein Zupfinstrument kannst du überall mit hinnehmen. Ich melde dich an!«

Ist eine Harfe nicht auch ein Zupfinstrument?, hatte sich Tom sofort gefragt, gab aber nach.

Merci, Mama, denkt Tom jetzt am Pazifikstrande, dass ich ein bisschen spielen lernen musste. Und du würdest doch zugeben, dass ein Klimperkasten hier problematisch wäre?

Tom erbittet sich also die Gitarre, nimmt noch einen ordentlichen Schluck vom *Big Wave* und liefert ab.

*»Me mother kept a boarding house …«*

Na, ging doch, ich bin von Burle Ives doch kaum zu unterscheiden!, denkt er.

*»A lovely song«*, spricht der Lagerfeuerhäuptling von eben. *»Is there an English version?«* Fiona findet das richtig lustig.

»Du hast echt komisches Talent. Hätt' ich gar nicht gedacht. Übermorgen beim regionalen Treffen machen wir Mitarbeiter Programm. Die verschiedenen anwesenden Gruppen führen etwas vor, machen Musik, singen, auf jeden Fall soll es lustig sein. Wir beide.«

»Abgemacht. Wir beide. Gucken zu, wie die anderen sich lächerlich machen.«

Fiona reagiert diplomatisch.

»Wir setzen dieses Thema später erneut auf die Tagesordnung.«

Über Fionas nächste Bemerkung freut er sich dann wieder sehr: »Du bist kein großer Gitarrist. Du hast aber schöne, starke Hände. Denen sehe ich gerne zu, wie sie hin und her gleiten. Und wie du lächelst, wenn du doch noch den richtigen Akkord hingekriegt hast.«

Der Wind kommt nun von See und hat deutlich aufgefrischt.

*»Something is coming to visit us, folks!«*

Der Sprecher macht eine Geste hin zu den West Maui Mountains. Dunkle Wolkenmassen haben sich hoch aufgetürmt und wälzen sich mit Macht über den Vulkan.

»Wir wollten doch chillen, er, *we wanted to chill and now it's going to be pretty chilly here.«*

*»No, not really. But wet, very wet, stormy and really loud and brightly lit!«*


Die Gruppe zerstreut sich nach dieser Warnung rasch. Ohne Worte verständigen sich Fiona und Tom darauf, nicht ins Hotel zu flüchten. Sie machen es sich in der soliden Strandhütte gemütlich, in der die Strandtücher des Hotels gelagert und ausgegeben werden.

»Mit dem grünen Leuchten wird es dann heute Abend wohl nichts werden«, sagt Fiona.

»Bitte? Sollte es 'ne Show geben? Grünes Laserlicht, das ist interessant und raffiniert, man kann nämlich mit bestimmten Kristallen eine Frequenzverdopplung bewirken und so grünes Licht … «

»Du bist sowas von unromantisch, Kerl! Ich mein' den Romerfilm«, beschwert sich Fiona und drückt dabei Tom ihren Kopf sanft gegen die Brust.

Er bekommt sofort ein wenig Herzklopfen, denkt dann aber, dass sie das wohl genauso auch bei einem vertrauten Tier, einem Pony oder großen Hund etwa, machen würde.


Fiona bereitet es sichtlich Vergnügen, in der relativen Geborgenheit der Strandbude, in ein riesiges Strandtuch gewickelt, den gewittrigen Tropensturm zu erleben. Das

Rollen des Donners, das chaotische Muster der zuckenden Blitze und das aufgewühlte Meer. Und Tom freut sich, dabeizusein und sie anzusehen.

Eigenartigerweise wird auf einmal eine ungefähr runde Himmelsfläche zwar mit weißlichem Licht hell erleuchtet, jedoch ohne die typischen Blitzadern. Plötzlich erscheint mitten in der erleuchteten Wolkenfläche ein intensiver, tiefvioletter Lichtpunkt.

»*Octarine*!«, sagen beide gleichzeitig.

»Zauberphysiker«, sagt Fiona und küsst Tom schnell auf den Mund.

»Offenbar haben wir genau entlang der Achse des Blitzkanals geblickt und – «

Dieses Mal legt sie ihm nur den Zeigefinger auf die Lippen. Sie lehnen sich aneinander und legen die Arme umeinander.

»Ja, *Octarine*. Du hast völlig Recht. Und nur Zauberer können das sehen. Ja, und Hexen natürlich.«

»Und Katzen«, ergänzt Fiona und lacht.

»Wer versorgt eigentlich deine Katzen während deines Aufenthaltes hier?«

»Woher weißt du – ah, das war ja leicht zu erraten. Die haben eine Katzenklappe und eine Katzenleiter hinunter in den Garten und tatsächlich, die Rolle des Personals übernimmt meine Freundin Anna.«


Der Sturm bringt doch allmählich einen mittelgroßen Temperatursturz mit sich und die Laken werden ziemlich klamm.

»Es war ein ganz toller Tag, aber ich bin ganz schön müde geworden und mir wird kalt und ich müsste auch so allmählich mal ins Bett.«, sagt Fiona und wickelt sich aus dem Badetuch.

Tom begleitet sie zu ihrer Zimmertür.

»Fiona?«

»Ja?«

»Also dieses intensive violette Licht, das war einfach irre! Und das Beste war, dass wir beide gleichzeitig an *Octarine* dachten! Das werde ich nie vergessen!«

Er drückt seine Schulter gegen ihre und berührt ihren Kopf ganz sanft seitlich mit dem seinen.

»Gute Nacht. Schlaf gut!«

»Du auch Tom.«

Er bleibt vor ihrer geschlossenen Zimmertür stehen. Alle Gastzimmer in diesem Luxushotel haben eine Kaffeemaschine, denkt er. Hätte es nicht anders laufen können?

›Das werde ich nie vergessen! ‹ – ›Ich auch nicht! Ich bin doch ganz schön fröstelig. Du sicher auch. Ich mach uns noch 'n Kaffee, der wird uns sicher aufwärmen, im Zimmer steht ja eine Maschine. ‹

Aber das hat sie nicht gesagt.

Er steht noch einen Moment auf dem Hotelflur. Nein, ihre Tür geht nicht auf, kein ›Na, was stehst du denn da rum, komm doch rein zu mir!‹

Er meint plötzlich, so etwas wie ein Alibi zu benötigen. Fiona schläft in ihrem Bett und ich in meinem. Er geht wieder hinunter in den zentralen Hotelbereich an der Bar, die in einer Art großen Loge untergebracht ist, wo noch einige Herren, auch Dr. Schulz, bei einem verspäteten *sundowner* sitzen. Tom gesellt sich dazu, nuckelt an einem Guavensaftcocktail und erzählt von der seltenen Beobachtung. Man plaudert über Blitzkanäle, ob von oben nach unten oder umgekehrt, positive und negative Blitze, die ungeheuren Energien der Entladung, Möglichkeiten der Nutzbarmachung usw. Jemand kommt auf den Blitz in *Zurück in die Zukunft* zu sprechen, und man diskutiert das Für und Wider der Möglichkeit von Zeitreisen.

Schließlich fragt Dr. Schulz Tom: »Sagen Sie mal, könnten Sie sich vorstellen, die Physik aufzugeben und etwas Neues zu beginnen? Bei einem führenden IT-Unternehmen z.B.?«

»Sie wissen schon, dass ich kein Informatiker bin.«

»Das müssen Sie auch nicht. Die *Cloudius* beschäftigt eine ganze Reihe Naturwissenschaftler. Denken Sie mal drüber nach, *will you?* So, und ich bin nicht mehr der Jüngste und ziehe mich zurück. *Good night.*«

»*That's also my cue,*« sagt Tom, nickt der Truppe zu und geht rasch auf sein Zimmer. Die physikalische Plauderei hat ihm gut getan. Es ist nichts passiert, er hat nichts kaputtgemacht, alles ist schön reversibel. Ein guter Tag. Ein fantastischer Tag!

Tom ist schon fast eingeschlafen, als er gerade noch das Vibrieren seines Handys wahrnimmt.

»Hi, schläfst du schon?«

»So gut wie. Von dir lass ich mich gerne wecken, Fiona.«

»Morgen großes Frühstück um zehn, was meinst du? Bist du so früh schon wach?«

»Klar, super!«

»Dann treffen wir uns unten im Frühstückssaal, ja?«

»Machen wir.«

»Also nochmal, gute Nacht. Und sorry für's Wecken!«

»*Any time*! Schlaf gut, Fiona, und danke für den unvergesslichen Tag!«

# TAG 4

Fiona stellt Tom die eindeutig indisch aussehende Dame, mit der sie bereits an einem Tisch draußen vor dem Frühstückssaal sitzt und die natürlich auch das blaue Armband der *Cloudius*-Zugehörigkeit trägt, als Rajashree Mukherjee vor. Und umgekehrt ihn als *Tom Windman, a physicist from Germany. And a friend.*

*»Physics? Interesting. My brother has a doctorate in physics.«*

*»Tom is going to defend his thesis in a month or two, aren't you, Tom?"*

Tom nickt: *»Hopefully I am.«*

*»Why don't you present your main results right here, as an exercise? I know some mathematics, so I am confident that I can understand, only more or less of course.«*, schlägt die Inderin vor.

Fiona nickt aufmunternd. Hatte sie mit Schulz und Douglas etwas eingefädelt? Nicht lange nachdenken, sagte er sich.

*»All right. Just give me fifteen minutes, will you? I will go for a walk and think.«*

»Ja, geh nur, wir sind noch lange nicht fertig mit frühstücken, nicht wahr, Rajashree?«

Die erklärt: *»I can understand German quite well, but I don't speak it properly.«*

Tom geht langsam durch den Hotelgarten, am langen,

flachen Wasserbecken mit den im Sonnenschein gold-blinkenden, glänzenden Einlegearbeiten am Grund hinunter und dann ein Stück den *beachwalk* entlang und zurück.

Beim Gehen konnte er immer schon besonders gut seine Gedanken ordnen. Gute Einfälle stellten sich ebenfalls oft erst beim gleichmäßigen Pendelschlag seiner langen Beine ein.

Tom hält also einen sehr gedrängten Promotionsvortrag, auf Englisch. Diese ungeklärte Sache lässt er natürlich aus.

An ihren Zwischenfragen und Bemerkungen erkennt Tom, dass Mrs. Mukherjee einiges mehr als *some mathematics* beherrschen muss.

Mrs. Mukherjee bedankt sich schließlich freundlich, man tauscht ein *nice to have met you* aus und nun müsse sie aber los, man sehe sich bestimmt für die *keynote speach*, die sei *mandatory, you know.*

Auf Toms fragenden Blick sagt Fiona nur: »Nimm das einfach mal so hin. Iss lieber noch ein Omelette!«

»Aber gewiss, ich werde nun in aller Ruhe und ganz ausgiebig frühstücken!«

Beim Essen spricht er das Thema Bewerbung und typische Personalerfragen an.

»Warum bewerben Sie sich ausgerechnet bei uns, was ist Ihre größte Stärke, größte Schwäche, wo sehen sie sich in fünf Jahren, das ist doch Mist.«

»Mach dir keinen Kopp, bei uns sind die Personaler vernünftige Menschen. Die wollen nicht irgendwelche Sprüche hören, sondern z. B. herausfinden, ob du teamfähig bist oder einen echten Kompromiss eingehen kannst. Du wirst vielleicht nach einer konkreten Konfliktsituation gefragt.

Bei uns heißt es, ein guter Kompromiss ist der, mit dem beide Partner unzufrieden sind.

Ach, und wegen gestern Abend. Ich war so durchgefroren, ich hab mir noch einen Tee gemacht. Ich hab zu spät daran gedacht, dich zu fragen, ob du vielleicht auch noch etwas zum Aufwärmen brauchst. Du sahst aber auch echt sehr müde aus.«

»War ich auch, bin dann aber noch kurz runter an die Bar zu den alten Knaben auf einen Guavencocktail. Lecker, das Zeug!«

»Aber heute Abend gucken wir auf jeden Fall bei mir die Fotos, du weißt schon, die die offiziellen Fotografen jeden Tag machen. Die laufen jeden Abend bei den *winners* auf dem TV.«


Beide haben an diesem Tag nur je eine Aktivität gebucht, Fiona die *Blue Hawaiian Helicopter Tour* über Maui und die Nachbarinsel Moloka`i und Tom *Snorkel at Molokini*. So heißt das halbrunde, rund 4 km vor Mauis Südküste gelegene Inselchen, der Rest eines versunkenen Vulkans.


»Hör mal Fiona, was ich dich fragen wollte, wir kennen uns doch schon gut. Und wir haben noch viel Zeit bis zu unseren Aktivitäten und da dachte ich, ob wir nicht endlich mal …«

Tom glaubt zu spüren, wie die junge Frau innerlich ein klein wenig auf Abstand geht. Was will der von mir, das denkt die doch jetzt, oder?, rät Tom. Es ist so schwierig, die Frauen zu verstehen!

»Fiona«, sagt er, legt seine rechte Hand über das Tischchen hinweg leicht auf die ihre und guckt an seinem karierten

Hemd herunter, »willst du mit mir shoppen gehen? Selbst der britische Zoll machte spöttische Bemerkungen über mein Outfit.«

»Du meinst, wir tauschen deine tristen weißen T-Shirts und diese karierten bayrischen Hawaiihemden gegen richtige Magnumshirts? Und ich dachte schon, du fragst mich nie!« Sie lächelt und sagt: »The *Shops at Wailea* sind nicht weit. *I am happily looking forward to shopping with you at your earliest convenience!*«

Und so geschieht es kurz danach. Die *Shops*, das ist ein Ensemble zum Teil zusammenhängender Gebäude, einige zweistöckig, nahe am Ozean, mit einer gepflegten, großzügigen Innenplaza mit Palmen und Sträuchern und Sitzgelegenheiten.

»Guck mal da«, sagt Fiona, »wie zu Hause, *Wolfgangs Steakhouse*! Aber jetzt suchen wir dir was Schickes zum Anziehen!«

Sie hält ihm ein orangefarbenes T-Shirt mit blauen hawaiianischen Mustern auf Brust und Rücken hin.

»Das ist eine stilisierte Schildkröte. Diese Meeresschildkröten heißen *honu*.«

Tom hat Zweifel.

»Doch, das steht dir! Nein, nicht zu auffällig, was du immer hast. Und dieses blaue Surfer-T-Shirt hier auch, du kannst das tragen. Nein, das ist nicht zu knapp. *Body fit* ist genau richtig! Du brauchst dich nicht zu verstecken.«

Ein *Humuhumunukunukuāpua'a*-T-Shirt, zwei typische Hawaiihemden und zwei Shorts, die man zu Lande so gut wie zu Wasser tragen kann, kommen auch noch hinzu.

Wieder draußen sagt er: »Fiona, du bist sowieso immer perfekt angezogen.«

Sie blickt ihn nur skeptisch an.

»Komm bitte einmal mit. Ich hab da neulich etwas gesehen, was dir sehr gut stehen würde.«

»Hm, wie ich im Vorbeigehen bemerkt habe, gibt es hier z.B. *Gucci*, *Prada*, *Louis Vuitton*, die führen mit Sicherheit etwas, das mir sehr gut stehen würde. Ein Weekender oder eine *Coach* Tasche zum Beispiel.

Schuhe! Du, wenn wir wieder in Deutschland sind, ziehen wir zusammen los. Wir finden bestimmt schicke, unpraktische Schuhe für mich, die uns beiden gefallen!«


Galila Berman verkauft in dem kleinen Geschäft zu jedem ihrer selbstgefertigten Schmuckstücke eine passende Geschichte. Der Anhänger, *a pendant and chain necklace*, den Tom meint, mit den sehr intensiven, leuchtenden Farben erklärt seinen Bezug zu Hawaii beinahe von selbst: Grün für den Dschungel, Gold für die brennende Sonne und den hellen Strand, Schwarz für die Lavafelsen und das strahlende Rot vielleicht für die Abendsonne oder glühende Lava.


»Als Erinnerung an diese Tage auf Maui. Und deine Haare sind ja auch rot. Jaric.«

»Schöner kann man das einfach nicht in Worte fassen! Du bist und bleibst ein Romantiker, Tom. Aber du hast Recht. Meine Haare sind auch rot. Und das Schmuckstück gefällt mir auch. Sehr.«

Fiona sieht ihren Begleiter zufrieden an.

»Na sowas! Das ist ja was! Tom, du bekommst einen Bart und der ist ja rot!«

»*Imitation is the finest kind of flattery.*«

»Du kannst mir später weiter schmeicheln, guck mal auf die Uhr. Ich glaube, wir sollten los. Ach ja, wenn du nach dem Schnorcheln noch nicht genug vom Wasser hast, baden wir noch ein wenig im Ozean. Na klar, du musst ja deine beiden neuen Schwimmshorts einweihen. Das Wasser ist schön warm, nicht so kalt wie oben im Wald. Hinterher legen wir uns an den Strand, in die Sonne.«

»Ja gerne, und wir erzählen uns dann, wie unsere Touren so waren.«


Am Badestrand unweit vom Hotel gibt es richtigen, feinen Sand. Wellen und Brandung sind nicht höher als an der Nordsee im Sommer. Es weht nur ein leichter Wind.

Tom trägt auftragsgemäß die eine neue Badeshorts.

Und der Triangelbikini, den Fiona jetzt anhat, zeigt ihm, dass nicht nur die Meerjungfrau in ihrem Teich im Hotelgarten hübsche Brüste hat. Und zeigt nicht nur hübsche Brüste.


»Molokini ist eben nur so ein halbmondförmiger Kraterrand. Schnorcheln und auch *scuba diving* finden im Innern der Sichel statt. Das Wasser ist unglaublich klar, nicht so kalt wie der Dschungelteich, in den ich mal springen musste. Das Sonnenlicht reicht ziemlich weit hinunter und man kann bestimmt 30, 40 m in die Tiefe sehen. Also maximal, an einigen Stellen. Die Kraterwand ist richtig hoch und, das ist das Gute, hält den Wind ab. Wir konnten also ganz ruhig ohne Wellen oder so schwimmen. Wirklich wie im Fernsehen, Korallen und *Findet Nemo*. Viele bunte Fische. Ich kannte keinen einzigen. Eben so typische

Korallenfische, bunt, flach und hoch, mit orangen Streifen, oder schwarz-weiß gestreift, knallgelb eine Sorte. Ach ja, rote Seeigel, kugelförmig mit Stacheln in alle Richtungen.«

Er produziert eine Melodie auf nánáná, na naná.

»Du hörtest unter Wasser die Starwarserkennungsmusik?!

»Was, nein, ach, die andere, stell dir vor, Lavafelsen, weißer Sandboden uhund – ein Weißspitzenriffhai! Toll, nicht? Ach ja, und *turtles*. *Honu* heißen die. Ach, das wusstest du ja schon. Groß sind die! Und sehen wirklich ein bisschen so aus wie die Schildkröten in *Findet Nemo*.«

»Wie sah Molokini aus der Nähe für dich aus, die Insel, meine ich?«

»Für mich wie eine Wand aus gelbem Sand, ziemlich hoch, bestimmt einige zehn Meter. Total kahl. Ach ja, das soll ein Seevogelparadies sein, ich hab aber keinen einzigen Vogel gesehen.«

»Hm, ich hab mit jemanden gesprochen. Die meinte, von oben sehe man, dass der Kraterrand so schräg ansteigt. Da wächst Gras drauf und sogar kleine Büsche. Und auf dieser Schräge sitzen die Vögel. Das konntest du vom Wasser aus nicht sehen.«

»Apropos vom Wasser aus. Man kommt wirklich nicht die Bordwand aus dem Wasser hoch. Ich hab's ein paar Mal probiert. Keine Chance. Unser Katamaran hatte eine Freibordhöhe von ca. 60 cm. Das kommt einem zwar nicht viel vor. Es geht aber einfach nicht.«

»Hast du früher schon geschnorchelt?

Tom lacht. »Ja, als Junge, im Freibad. Dieses nur durch den Mund zu atmen war zuerst etwas gewöhnungsbedürftig. Da war heute ein älterer Mann, der kam damit gar nicht klar. Der ist dann nur so mit Taucherbrille rumgepaddelt.«

»Los, genug geredet, die Helitour kommt später, ins Wasser!«

Sie baden ein wenig, lassen sich von den Brandungswellen nach vorn schubsen und schwimmen ein wenig hinaus und wieder zurück Richtung Strand.

Als sie vor einander ungefähr bis zu den Knien im Wasser stehen, schlingt Fiona ihre Arme um seinen Hals, ihre Körper berühren sich, sie zieht ihn fest an sich. Tom muss sie nun einfach küssen. Was zum einen seinen Herzschlag enorm beschleunigt.

»Ist doch gut, dass du deine neuen Badeshorts trägst. Diese bunte kleine Badehose vom Wasserfall wäre jetzt doch etwas zu eng geworden.«

»Die Romantikerin sieht vor allem das Praktische an einer Sache, um das Kompliment einmal zurückzugeben.«

»*Don't get me wrong, I'm not complaining*«, sagt sie nur und zieht Tom wieder fest an sich.

Im Halbschatten einiger zerzauster Strandsträucher legen sich Tom und Fiona nebeneinander auf das riesige Strandtuch, das Fiona dabeihat.

»Schick«, meint Tom, »sieht ganz neu aus. Tolle, kräftige Farben. Und groß genug für zwei, praktisch!«

»Ein Geschenk von Bill McPherson«, bemerkt Fiona obenhin.

*Fiona, bist du noch unter der Dusche, hier ist Bill, hab dir was mitgebracht.* Tom ist sich dessen bewusst, dass diese blöde Bemerkung, die ihm in den Sinn kommt und total zu Marco passen würde, gar nicht gut ankäme.

»Der, was ist der nun genau, Vorstandsvorsitzender, verschenkt Strandtücher?«

»Hm. Nee, die *winners* finden jeden Abend auf ihren Kopfkissen Geschenke vor. Mit einem von Bill unterzeichneten Grußkärtchen. Gestern war das Strandtuch dabei.«

»Doll, doll, doll.« Tom ist ziemlich sprachlos.

Eine Weile liegen sie da und genießen den Augenblick.

»Tom, du sagtest neulich, wie unwirklich das alles hier sei. Sag mal, warum bist du jetzt, in diesem Februar auf Maui?«

Tom überlegt.

»Das war so: Wir saßen wie immer nach dem Mittagessen in der Cafeteria der Uni, meine Freundin Jenny kommt an den Tisch, winkt mich raus, macht mit mir Schluss und …«

»Einfach so? Warum?«

»Weil ich«, Tom überlegt kurz, »unspontan bin, das Leben nur simuliere, ach ja, es nicht so richtig drauf habe. Und sie hingegen groß ins Hotelgeschäft in Wyoming einsteigt. So, weiter, Kollege Alex erzählt etwas von einem Mitbewohner, der einer Frau nach New York nachgereist ist, um sie zu suchen und zurückzugewinnen. Ich sollte doch mal was Spontanes tun und z.B. den Nachtzug nach Heilbronn nehmen. Ich weiß nicht, was das sollte, Heilbronn.«

»*Nachtzug nach Lissabon*, das ist ein sehr berühmter Roman von Pascal Mercier, der heißt eigentlich Peter Bieri und ist Philosophieprofessor, verrückt, nicht wahr?«

»Ja, total. Jedenfalls, ach ja, der Kollege Gandolf sagte noch, dass der Chef und Rüter 'ne ganze Woche weg wären.

Meine Abwesenheit falle also gar nicht auf. Im Fernsehen lief *50 erste Dates* und darum bin ich hier. Im Prinzip. Es hätte aber auch zum Beispiel weg'm *Mentalist* Kalifornien werden können.«

»Wart ihr lange zusammen, du und Jenny?«

»Nein, so acht, neun Wochen vielleicht. Und dass das nicht lange gutgehen würde, war mir auch irgendwie immer klar. Ich bin mir inzwischen ziemlich sicher, dass sie sofort, nachdem sie unsere Beziehung beendet hatte, etwas mit so einem Privatdozenten für Germanistik angefangen hat. Fiona, mehr möchte ich dazu auch nicht sagen. Ist vorbei.«

Fiona wartet aber noch ein bisschen ab.

»Ja, Jenny war sehr attraktiv und hat mich sexuell total überrumpelt und nachher sagte sie, dass sie sich aus Sex nichts macht und noch nie einen Höhe …, egal, ist jedenfalls erledigt.«

»Wo wir schon mal dabei sind«, beginnt Fiona, »mein Exfreund heißt Jan. Jurist. Spar dir bitte einen Kommentar dazu. Wir hatten sogar schon zusammengewohnt. Jan hatte sich vorgestellt, dass ich höchstens noch das Referendariat mache und dann zu Hause bleibe, und er verdient das Geld. Später könnte ich dann ja in Teilzeit ein bisschen in die Schule gehen. Aber das wollte ich nicht. So abhängig von einem Mann und unselbständig wollte ich auf keinen Fall leben. Wir sind jetzt schon seit einem guten halben Jahr nicht mehr zusammen. Das war meine Geschichte.«

Tom schweigt dazu. Dann besinnt er sich aber: »Das habe ich verstanden. Und keine weiteren Fragen.«

»Aber ich. Ich habe nachgedacht. Wieso lebst du als Mieter, wenn du doch, weißt ja, Erbrechtlers Tochter spricht, nach deinem Vater eigentlich sein Haus geerbt haben müsstest?«

»Richtig, Frau Anwältin. Meine Schwester und ich waren nach Papas Tod die Alleinerben. Unsere Mutter hatte als geschiedene Ehefrau keinen Anspruch. Wir haben das Wohnhaus, die Werkstatt und den Betrieb mit allem drum und dran, Goodwill und so verkauft. Ging halbe-halbe.«

»Du hast also eine Schwester? Versteht ihr euch gut?«

»Ja, eine jüngere Schwester. Sofie. Und wir verstehen uns gar nicht. Sie ist Orthopädiemechanikerin, ich glaube, inzwischen sogar Meisterin, das war für meinen Vater mal eine vernünftige Berufswahl. Sofie war sein Augenstern, die musste nie mit anpacken, weder im Geschäft noch zu Hause. Und für ihre Mutter ist sie sowieso das Superkind. Ich mag nicht weiter darüber sprechen.«

»Apropos Familie. Die *activities* hier sind nicht ganz ungefährlich. Ich will dir ja keine Angst machen. Hast du Vorkehrungen getroffen, dass der Weihnachtsstern nicht das nächste Christfest bei deiner Mutter feiert?«

»Wie, ich versteh nicht?«

»Wie oft habe ich das von meinem Vater gehört: »Hätten die Leute doch nur rechtzeitig ein Testament aufgesetzt!«

»Ach so, die Clivien, der Gummibaum, mein fettes Bankkonto, daran hab ich noch überhaupt nicht gedacht.«

»Na, du hast ja mich."

Tom sieht sie etwas überrascht an.

»Vielleicht übergebe ich dem vertrauenswürdigen Dr. Schulz dann doch besser einen Umschlag: Im Falle meines Ablebens zu öffnen. Hm. Was anderes, was ich dich fragen wollte, was ist eigentlich deine Aufgabe in der Company?«

»Ich bin in Sales, also *to sell* natürlich.«

»Aha. Du reist durch Deutschland und fragst bei den

Unternehmen: Möchten Sie nicht vielleicht die eine oder andere Software von uns kaufen?«

»Ich würde es so formulieren: Ich gebe mein Bestes, um ein möglichst großes Produktportfolio beim Kunden zu positionieren und, ganz wichtig, Lizenzen zu verkaufen. Und merke, unsere Software ist modular aufgebaut. Ich habe so ungefähr 20 Großkunden. Es gibt aber erfahrene Kollegen, die bis zu 30 Kunden betreuen.«

»Und dann rufen die der Reihe nach bei dir an und bestellen immer mal wieder ein paar Module?«

»Schön wär's. Es gibt Manager bei uns, die glauben, unsere Produkte verkauften sich wie geschnitten Brot und wir wären eigentlich überflüssig. *Oh no*! Man braucht solide Kenntnisse der Branchen, muss die jeweilige Kundenstruktur kennen, dessen Ziele und Prioritäten, Stärken und Schwächen.«

»Zum Beispiel?«

»Na ja, viele Kunden haben sich ihre Software selbst gestrickt, und die Anwender auf Kundenseite haben das Strickmuster liebgewonnen. Man muss einschätzen können, also ich muss das, ob sich die *self made* Programme an unsere anbinden lassen oder nicht. Usw. Vor allem muss ich natürlich unsere Produkte in und auswendig kennen. Wir werden mindestens halbjährlich geschult und müssen echte Prüfungen zu den Produkten ablegen, äh, bestehen. Gerade jetzt, wo wir viele kleine Unternehmen dazugekauft haben, deren Programme wir nun verkaufen sollen.«

»Wo würdet ihr einen Physiker einsetzen? Ich meine, kannst du etwas dazu sagen?«

»Carl hat wohl gestern bei eurem Altherrentreff an der Bar eine Bemerkung in die Richtung gemacht? Und Douglas ja auch, nich? Er, also Carl sagte zu mir, wenn du fragen solltest, könnte ich schon mal ein paar Beispiele nennen: Cloud-Architekten sind jetzt sehr gefragt. Natürlich auch Programm Manager oder Senior Consultant Business Analysts.

Aber guck mal, wie tief die Sonne schon steht. Wenn wir noch essen gehen wollen, lass uns jetzt bei mir die Fotos gucken!«

In ihrem Zimmer öffnet Fiona als erstes einmal die stabile, türkisfarbene Schachtel mit Schmuckschleife, die auf ihrem Kopfkissen lieg. Die beiliegende Karte wirft sie Tom hin.

»Is wieder von Bill«, sagt der nur.

»Guck mal, Silberschmuck von *Tiffany's*.«

Er guckt, ein bisschen sparsam.

»Das ist sehr dezent. Kann man mit allem gut kombinieren«, versichert Fiona schnell. Sie nimmt im Rundsofa Platz und klopft auf das Polster neben sich: »Komm, gucken.«

Ein eiskalter Sonnenaufgang am *Haleakalā* mit abschließender rasender Fahrradfahrt hinunter. Im Aussichts-U-Boot nahe einem Korallenriff vor der Küste. Eine Wanderung durch die riesige Caldera des *Haleakalā*.

»Guck, so sieht ein Silberschwert aus! Und jetzt kommen wir. Die Passagiere wurden paarweise für den Heliflug nach Gewicht sortiert. Und stell dir vor, neben mir saß der offizielle Fotograf! Das bin ja ich, ich hab gar nicht gemerkt, dass der mich auch mal fotografiert hat.«

»Du machst einen guten Eindruck, Fiona«, versichert Tom.

»Ja, ja, red du nur. Also, wie du siehst, flog der Pilot ohne zu zögern hinein in die engen Täler, ganz nah an die grünen

Wände heran. Man sieht das Buschwerk und kleine Bäume, obwohl man die Größe nicht gut abschätzen kann.«

»Weil ein Maßstab fehlt«, bemerkt Tom.

»Ja stimmt, man hat keinen richtigen Vergleich.

Guck, überall diese kleinen Wasserfälle, die in Wasserbecken stürzen. Die Erosion hat diese tiefen Furchen in die Wände des Vulkans gegraben.

Und hier ist der Pilot dann in die Wolken geflogen, das ist wie Regen, Wassertropfen auf den Scheiben. Ich finde auch Achterbahnfahren toll, wie das so im Bauch sich anfühlt. Der arme Fotograf!

Dies ist über See. Die Felshänge fallen ziemlich steil ab, ohne einen Strand oder auch nur einen Uferweg oder so.

Ganz flaches Land mit rotbraunen Ackerflächen gibt es auch und natürlich Zuckerrohrfelder. Da unten, das ist die alte Zuckerfabrik von *Alexander & Baldwin*. So, das war's. Ich hab Hunger. Speisen wir jetzt schick in einem der Hotelrestaurants? Ich zieh mich schnell um, wir treffen uns unten im Empfangsbereich. Du kannst in Shorts und einem deiner neuen Hawaiihemden gehen.«

»*Ay, ay, Ma'am!*"

Fiona erscheint in einem ärmellosen, schlichten hellgrauen kurzen Kleid, dazu Sandalen und ihren schönen gebräunten Körper.

Fiona zählt die gastronomischen Angebote auf: »Es gäbe ganz zentral die *Botero Lounge*, drumherum die Skulpturen, da gibt es nur Cocktails und Sushi. Nein. Dann das *Humuhumunukunukuāpua'a*, ein Fischrestaurant, natürlich, die Aussicht ist großartig.

»Das ist das in dem großen Teich?«

»Genau. Der *Humuhumunukunukuāpua'a* ist der Staats-
fisch Hawaiis«, weiß Fiona..

»Hm«, brummt ihr Begleiter nur.

»So, dann bleibt das *Olivine*, hat auch *ocean view*, ich
guck mal schnell auf das *menue*, es gäbe eine reichliche
Auswahl.«

»Abgemacht, das *Olivine*«.


Der nicht übermäßig servile zuständige Herr in der Khakiuniform bringt die Speisekarten.

»*You already know what to drink? Shall I bring the
wine list?*«

Sie winken ab. Fiona bestellt ein *Budweiser* und Tom
ein *Bikini Blonde*.

»*He just can't resist the name*«, spöttelt der Ober.

»*We should like to have the Warm Marinated Olives and
the Housemade Pizza Bread together with the Upcountry
Chopped Salad, please.*«

»Wir bekommen damit *Kale, Romaine, Soppressata, Ro-
asted Peppers, Chickpeas, Heirloom Tomatoes, Avocado,
Surfing Goat Feta, Shishito Ranch Dressing*«, liest Fiona
laut vor.

Oma Johanna, also die Frau vom Notar, pflegte sich Notizen zum Menü zu machen, wenn sie mit dem Opa vor-
nehm essen war. Wir haben noch solche Notizen von ihr."

»*As the main dish Pizza, for me the Harvest and for the
Lady the Olivine, and as dessert two Kona Coffee Tirami-
sus*«, bestellt Tom.

»*That will be Charred Red Onion, Parmigiano Reg-
giano, Local Rosemary, Ricotta, Marinated Olives, Macadamia Nut Pesto for me* und du kriegst nur *Wild Local*

*Mushrooms, Macadamia Nut Pesto and Surfing Goat Feta.«*

Nach dem Essen beschließen sie, noch einen Cocktail draußen auf einer der Terrassen zu nehmen. Sie setzen sich nebeneinander, mit Blick über die Gartenanlagen zum Ozean hin.

In dem kurzen Kleid, du hast auch nicht bemerkt, dass es ziemlich hochgerutscht ist, siehst du so unglaublich sexy aus, denkt Tom und fragt sich, ob er das denken darf.

Die Fackeln sind bereits entzündet worden, auf See sieht man einige Lichter, und am Himmel flimmern helle Sterne. Gedämpft hört man das Rauschen des großen Wasserfalls. Nachtblüher unten im Garten verströmen ihren süßlichen Duft.

»Was bist du für ein Sternzeichen? Moment, lass mich raten.«

»Fiona, glaubst du allen Ernstes, dass jeweils ein Zwölftel der Menschheit das gleiche Schicksal hat?«

Sie legt den Kopf ein bisschen schief und mustert ihn intensiv.

»Du bist, hmmmm, Skorpion!«

»Ja, stimmt. Hast du das von Carl oder wem auch immer?«

»Nein. Du bist eben ein typischer Skorpion.«

»Gut, das habe ich schon ein paar Mal gehört. Ich sei vorsichtig wie ein Skorpion, zurückhaltend, oder einfach total naiv, such es dir aus.«

»Ich bin Löwe. Skorpion und Löwin ist die beste Kombination. Die harmonieren total miteinander.«

Fiona beugt sich zu Tom hinüber, um ihm zuzuprosten. Reflexartig sieht er in ihren Ausschnitt.

»Gibt's da etwa was zu sehen?«

»Äh, sorry, nein.«

»Nein?«

»Ich wollte sagen, - hab's vergessen.«

»Am Strand hast du doch wohl schon mehr gesehen! Und ich mag es, wenn du so verlegen lächelst. Du hast schöne Augen, weißt du das?«

Sie lassen die Gläser wieder klingen.

»Also Jenny machte sich angeblich nichts aus Sex?«, beginnt Fiona unvermittelt. »*What about you?*«

»Ein schwieriges Thema.«

»Ich wüsste im Moment keinen besseren Platz für schwierige Themen als hier, wo wir uns beide wohlfühlen, unter Sternen, mit Blick auf den Pazifik, und wir hatten wieder einen erlebnisreichen Tag zusammen.«

»O.k.. Stimmt. Wirklich einmalig. Ich kann nicht immer gut ausdrücken, was ich meine. Kennst du Patrick Jane?«

»Nicht persönlich, aber Bill hat mit Sicherheit die Mobilnummer von Simon Baker.«

»Bill McPherson?«

»Ja, sicher.«

»Das ist echt gewöhnungsbedürftig, dass ihr euch in der Company alle duzt und beim Vornamen nennt, bis ganz nach oben.«

Tom verspürt wieder einen gewissen Neid auf das Zusammengehörigkeitsgefühl innerhalb der *Cloudius*.

»Also, in einer Episode erklärt der *Mentalist* der Theresa Lisbon, Männer seien wie Toaster, Frauen aber wie Akkordeons.«

»Ja, und? Viele Knöpfe?«

»Hm, eben. Und Tasten. Und wenn man auf die Tasten

blickt, kann man die Knöpfe nicht sehen und umgekehrt. Ich, *how shall I say*, ich bin nicht so musikalisch und kann nur wenige, einfache Melodien, *do you know what I mean?*«

»Das ist nicht unoriginell, das habe ich noch nicht gesagt bekommen. Übrigens, moderne Toaster kann man immerhin regulieren, von warm bis ganz heiß, das ist gar nicht so schlecht. Was kannst du denn?«

»Kerzenschein, Kuscheldecken, eventuell noch ein Duftlämpchen, kennst du die noch? Vielleicht sanfte Meditationsmusik oder Sally Oldfield? Wichtig ist ständige Kommunikation, verbal und nonverbal, vor allem die gelegentliche Nachfrage nach eventuellen Wünschen, ja und dann ganz langsam bis zum Höhepunkt streicheln.«

»Zum simulierten Höhepunkt«, kichert Fiona leise vor sich hin.

»Wie?«

»Ach, nix, Carl Schulz hatte nur erzählt, dass du dich mit Simulationen beschäftigst.«

Sie atmet tief durch, um wieder ernster zu wirken.

»Das klingt nach einem ganz ausgeklügelten Plan! Der noch Raum für Erweiterungen bietet.«

Fiona muss schon wieder lachen.

»In ein ansprechendes Portfolio gehören unbedingt einige interessante Module, die ich Ihnen gerne – « Und lacht wieder. Einmal tief Luftholen: »Wer ist Sally Oldfield? Muss ziemlich *old* sein. Was magst du für Musik?

»Nicht lachen, *Carla Bruni* finde ich gar nicht schlecht, obwohl ich die Texte nicht verstehe, oder *James Blunt*, wenn's denn sein muss.«

»Dann würde dir *Zaz* gefallen, die habe ich letztes Jahr

in Paris im Olympia bei so einer Talentshow gehört. Toll, sag ich dir.«

»Paris, Olympia, Talentshow, einfach mal so?«

»Tom, ich glaube, ich weiß, was du jetzt denkst. Denk das bitte nicht. Stell dir lieber vor, dass man auch zu zweit auf ein Konzert gehen kann!«

Sie lehnt sich sanft an ihn.

»Sorry, du hast Recht. Also richtig gerne mag ich z.B.«, er druckst ein wenig herum, »so Dixieland, Ragtime, New Orleans Traditional Jazz, etwa von *Tuba Skinny*. *Jubilee Stomp*. Ich weiß, is von Duke Ellington. Noch älter als Sally Oldfield.«

*New Orleans traditional*, das ist doch *funeral blues*, Gruftmucke und Sex, ist das ein Fetisch von dir? Aber fahren Sie doch erst mal fort, Herr Windmann!«

»Und ich sag's gleich, ich bin kein Jetpilot.«

»Das ist echt mal was ganz Neues! Und es bedarf ein wenig der Erläuterung, scheint es mir.«

»Hm ja, ein Jetpilot muss körperlich, wegen all der Manöver, die man so fliegen kann, und auch mental topfit sein, ausdauernd und voll konzentriert, jede Sekunde. Er muss während des ganzen Fluges ständig auf alle Zeichen und Signale achten. So ein Jet vibriert und macht Geräusche, spricht aber nicht. Ein paar Minuten nur der Unkonzentriertheit, und schwupps, nichts mehr zu machen, die ungewollte Landung, viel zu früh, erfolgt per Autopilot und man kommt dann eine ganze Weile nicht wieder hoch. Ähm, sozusagen.«

Er überlegt. »Ach ja, generell muss man auch immer daran denken, dass wohl zwei losfliegen, aber möglicherweise drei ankommen können.«

Sie flüstert ihm etwas ins linke Ohr. Schon die Empfindung ihrer Lippen an seiner Ohrmuschel und der sanfte Atemhauch sind aufregend.

»Dazu muss man sich sehr gut kennen und einander vertrauen. Und großes Vertrauen und große Vertrautheit schließen das eigentlich wieder aus. Und dann kommt einem das auch irgendwie albern vor, was ein bisschen *kinky* ist, oder?«

»Physiker, du kennst ja Wörter! Sei doch bitte etwas anschaulicher und konkreter.«

Tom zögert.

»Deine Anwältin muss schon alles wissen, um zu entscheiden, ob sie dir helfen kann!«

Nun flüstert er ihr etwas ins Ohr, so zwei, drei Sätze.

Fiona sieht ihm ruhig ins Gesicht, dann lächelt sie.

»So, so, magst du das, sieh mal einer an!«

Tom hat Herzklopfen und muss ein paar Mal tief durchatmen.

»Ich habe das jetzt erst einmal alles so aufgenommen und werde deine Wünsche dann in Ruhe prüfen.«


»Und nun?«, fragt Fiona nach einigen Minuten des Schweigens, »wollen wir noch ein bisschen den *beachwalk* entlang gehen bis zu der Bank in der Mauernische? Bestimmt strahlen die schwarzen Steine noch ein wenig Wärme ab. Wir könnten aber auch bei mir –

»Guten Abend! Fiona, Tom. Da sind Sie ja. Ich habe Sie schon gesucht, Tom.«

Carl Schulz ist unbemerkt zu den beiden getreten.

»Hallo Carl.«

»Guten Abend Dr. Schulz.«

»Ich nehme an, dass ihr schon gespeist habt? Fiona, wenn sie den jungen Mann entbehren könnten, ich würde gerne etwas mit Tom besprechen.«

»Sicher, sicher. Wir hatten sowieso nichts weiter vor, glaube ich.«

Dr. Schulz dirigiert Tom zu einem Tisch mit Blick auf den Teich und die Kois darin im *Humuhumunukunukuāpua'a*, an dem ein Mann von Mitte vierzig sitzt. Schulz stellt die beiden einander vor. Man möchte Toms Meinung als theoretischer Physiker zu einem speziellen Problem hören, das immer mal wieder bei bestimmten Kunden auftrete.

*«Tom, you have been using the Zwanzig formalism. Mike here knows Robert quite well, don't you?"*

*«No. We cheered with a glass of champagne or two, on New Year's Eve. I was as a post doc in Maryland, were Zwanzig had a chair. But we didn't talk about physics, so I couldn't make a fool of myself."*

Tom hört sich das Problem an. Und hat einen guten Einfall.

»Ich könnte mir vorstellen, dass Sie den Auswertealgorithmus deutlich beschleunigen können, wenn sie zu den Berechnungen aus der linearen Algebra die Grafikkartenprogrammierung nutzen. Wir haben da neulich was publiziert, gucken Sie mal im Internet, ähm, Autoren Schmidt, Rüter, Mühlenweg …«

Das kennt ihr nicht, freut sich Tom. Ja, ich hätte schon was beizutragen. Soll ich's wagen?

»Dr. Schulz, Sie fragten mich neulich, ob ich mir vorstellen könnte, …«

»Sie bekommen von mir per SMS die Kontaktdaten bei

HR. Wir sind zwar eines der führenden IT-Unternehmen, die HR-Abteilung will aber immer noch, aus welchen dunklen Motiven auch immer, Bewerbungen auch auf geschichteten Datenträgern auf Cellulosebasis haben. Schicken sie Ihre Papierbewerbung mit den üblichen Unterlagen an mich, ich leite sie dann weiter, das geht am schnellsten. Und danke für Ihre Zeit. Das war sehr interessant für uns. *We mustn't keep you*, Sie haben jetzt eventuell noch etwas vor. Wir sehen uns sicher morgen noch.«

Tom verabschiedet sich. Das war ja super, findet er. Sein Handy vibriert, eine SMS von Fiona: *Gute Nacht, bin sehr müde, war wieder ein toller Tag. Morgen wieder Frühstück zusammen, um neun? Schlaf gut. Fiona.*

*Hallo Fiona. Ja gerne. Um neun. Gute Nacht. Tom.*

# TAG 5

Was unternehmen wir heute?«

»Nach dem Frühstück müssen wir uns erst einmal um die passende Kleidung für den Abend kümmern. *Puttin' on the Ritz*, heißt es. Traditionell leiht man sich das im Kleiderfundus vom *All Seasons* oder *Mauna Kea*, die haben eine Riesenauswahl und alle Größen.«

»Bis jetzt war doch immer *casual wear* angesagt?«

»Für heute Abend, also die *keynote address*, *keynote speaker* ist natürlich Bill McPherson, gilt strikter *dress code*. Zumindest für die Herren: *dinner jacket*, *black tuxedo pants* mit so glänzenden Streifen an den Seiten, ein weißes Hemd, dazu eine Krawatte, lieber gesehen wird jedoch *a black silk bow tie*.

»Selbstverständlich. Gerne. Was ist das?«

»Eine schwarze Fliege. Und bevor wir losziehen, würde ich gerne noch einmal auf unseren bevorstehenden Auftritt zu sprechen kommen.«

»Also ehrlich Fiona, *I would prefer not to.*"

»Ach komm schon, das wird lustig. Wir beide.«

Wir beide. *Ja, wir beide*, wird Tom klar.

»Na gut, aber weißt du noch, der Strandhäuptling, *is there an English version*? Lieber kein Englisch, ich zumindest nicht.«

»Ach, das war doch nur Spaß von Jonathan. Aber o.k., Kompromiss. Wir treten bei DACH auf.«

»Muss es nicht *auf* dem Dach heißen?«

»Quatschkopp. Das ist die *regional group* Deutschland, Österreich und Schweiz, also zumindest überwiegend deutschsprachig.«

»Müsste es dann nicht DÖSCH heißen? Na gut, na gut. An was DACHtest du denn, Karaoke, Loriotsketche, eine Stefan-Raab-Imitation?«

»Lass mich nachdenken. Du willst eher kein Englisch. Also Französisch. Für die Frankoschweizer.«

Tom will zuerst protestieren, er könne doch kaum Französisch, habe sie denn nicht zugehört, besinnt sich aber.

»Wie war das mit einem guten Kompromiss? Beide unzufrieden? O. k., was stellst du dir vor?«

»Wie wär's, wir covern *Je t'aime*?«

»Ja, *je t'aime*, einverstanden.«

»Du kennst dieses Duett doch?«

»Ja, klar, Jane Birkin und so'n typischer Franzose, er raunt ihr irgendwas zu und sie kiekst ganz hoch.«

»Du hast echt keine Ahnung, was der ihr da zuraunt und warum sie kiekst, nicht?«

»Ja, so genau nicht. Eben *je t'aime* und so. In der Schule hatten wir das nicht. Von Jacques Brel hatten wir Chansons, glaube ich, eins von den drei Advokaten, die sich durch *mooning* beleidigt fühlen, das war lustig.«

»Bei passender Gelegenheit übersetz ich dir das, nicht jetzt. Das war nicht ernst gemeint, das können wir nicht bringen.«

Tom überlegt: »Aber ein Duett wär schon gut. Du singst *Minnie The Moocher* und ich mach *howdi howdi howdi how*, nee. Oder wie wär's mit *You're the one that I want*?«

»Ju hu hu, nein, wir müssen ja nicht singen.«

»Witze erzählen vielleicht? *What's the white stuff in birdshit? That's birdshit too*! oder der hier ist gut: Warum hört man in digital remasterten Aufnahmen klassischer Konzerte keine Bratschen? Na?«

»Ich weiß es nicht.«

»Weil es die moderne Technik erlaubt, alle störenden Nebengeräusche herauszufiltern!«

»Lieber Tom, deinen Sinn für Humor in allen Ehren, der ist dann aber doch zu speziell.«

Tom rückt vorsichtig mit seinem Vorschlag heraus.

»Das ist echt schräg«, findet Fiona.

»Aber Deutsch, die meisten dürften es gut verstehen können. Ja, ich weiß, was Deutsche und Österreicher trennt, ist die gemeinsame Sprache. Ich denke, wir hätten damit bestimmt ein Alleinstellungsmerkmal, und das ist wichtig im Geschäftsleben, nicht wahr?«

»*It depends*«, meint sie nur.

»O.k.! Ich nehm das mal als Zustimmung. Von mir aus können wir jetzt los. Bringen wir's hinter uns.«

»*Nope*, auf keinen Fall zieh ich so ein affiges Rüschenhemd an!«

Aber auch die mit gestärkter Hemdbrust sind akzeptiert.

»Keine ganz schwarze Uniform, vielleicht ein weinrotes Jackett dazu«, schlägt Fiona vor.

»Nö, ich will dunkelblauen Samt mit schwarzen Seidenrevers!«

»Man geht auf Nummer sicher. Blau steht jedem.«

Tom freut sich insgeheim, dass es keine schwarzen

Lackschuhe in seiner Größe gibt. Er bekommt die gewünschten normalen eleganten Schuhe, die er so gern mag, *Budapest-style shoes.*

Als er aus der Umkleide zurückkommt, ist Fiona nicht unzufrieden mit dem Erscheinungsbild ihres Begleiters für das offizielle Abendereignis.

»Und du, meine Liebe?«

»Wir Damen haben größere Freiheiten.«

Fiona sucht sich ein kurzärmeliges, enganliegendes Kleid aus, champagnerfarben in italienischer Länge, dazu farblich abgestimmte, hochhackige Pumps.

»Ich ziehe es mal gerade an.«

Sie bemerkt, dass Tom irgendwie überrascht wirkt.

»Klar, ich muss doch wissen, ob du so mit mir gehst. Was? Du wirkst so überrascht, is doch kein Brautkleid, das du nicht vor der Hochzeit sehen darfst. Dazu trage ich dann dein Schmuckstück, das kommt richtig gut zur Geltung auf dem Kleid. Es wird zwar nicht zu kühl abends im Molokini Garden, aber zu diesem Kleid zieh ich mal Strümpfe an, so richtige *silk shiny stockings.* Ich weiß noch nicht, ob das Kleid für *suspender belts* nicht zu *tight* ist, mal sehen. Was meinst du?« Sie blickt Tom an.

»*Oh, perfect. Great.* Eben, das wird man sehen. *In any case, I'm happily looking forward to you wearing that dress!*«

Als seine Dame umgekleidet erscheint, bemerkt er es sofort, Fionas figurbetontes Kleid *is not showing off any underwear lines.*

»Fiona, das ist ein absolutes Herzklopfen-Kleid!«

»So? Nein, du übertreibst.«

Nach einer kurzen medizinischen Überprüfung

konstatiert sie jedoch: »Nein, du übertreibst kein bisschen. Das gefällt mir. - Der Typ in der Kleiderausgabe, wie der geguckt hat, als ich in diesem Kleid aus der Umkleide kam, als ob er so etwas noch nie gesehen hätte. Echt retardiert der Typ«, beschwert sich Fiona dann.

»*Suffer fools gladly*«, sagt Tom nur. Er fasst sie sofort an der Hand und geht mit ihr vor einen der großen Spiegel.

Was findet diese tolle Frau an mir, fragt er sich. Und dann wird ihm etwas klar:

»Fotos! Ich möchte so gerne ein Foto von uns beiden, wie wir jetzt so dastehen! Wir haben gar keine eigenen Fotos gemacht.«

»Ruhig Brauner«, meint Fionas. »Bill hat mir diese Woche sogar zwei Digitalkameras geschenkt, von *Canon* und *Nikon*, sind beides gute *customer* von uns, daher wohl.«

»O.k.. Was meinst du, wir fotografieren uns gleich zumindest im Hotelgarten, vor jedem Teich, gerne auch in jedem Teich, mit all den Statuen und Figuren, wir und Kamehamea und so, einverstanden?«

Fiona nickt.

»Und natürlich in der Kapelle, bitte, Fiona!«

»Klar, *why not*. Das Betreten der Kapelle ist ganz unverbindlich und verpflichtet zu nichts.«


Er hat noch eine Bitte: »Könntest du dir bitte noch einen ziemlich langen, schwingenden dunklen Rock mit passender Bluse und dunkle Schuhe mit wenig Absatz ausleihen?«

»Wozu, was haben wir vor?«

»Nimm das bitte erst mal so hin. Iss lieber noch ein Omelette!«

»Das ist die blödeste Retourkutsche, die ich je gehört habe!«

Doch Fiona tut, was gewünscht wurde. Auch Tom geht noch einmal in den Fundus und kehrt mit einer großen, gut gefüllten Tüte zurück.

Sie ziehen sich wieder um und wollen die Kleidung für den Abend auf die Zimmer bringen und die Kameras holen.

»Und was ist in der Extratasche, was hast du vor?«

»Und ich dachte schon, du fragst nie.«

Er holt sein iPhone heraus und tippt eine Weile, dann ertönt Musik.

»Hier guck mal, was die können, können wir schon lange, ich vor allem, was den Hampelmann angeht. Die Musik kommt aus dem Lautsprecher. Ich zieh das hier an.«

Er hält sich die Kleidung vor den Leib.

Fiona sieht sich das kurze Video ein zweites Mal an.

»Nee! Kommt nicht in Frage.«

Tom ist sichtlich enttäuscht.

»Ich organisier uns einen *piano man*, ich weiß auch schon, wen ich frage.«

Und Tom bekommt ein Küsschen. Und dann einen Kuss.


»Sag mal, wie hast du den Typen in der Umkleide genannt?«

»Ach, ist doch schon vergessen. Und nicht in der Umkleide!«

»Nee, sag mal, *zurückgeblieben* war es nicht.«

»*Retardiert*. Wir Bildungsbürger drücken uns so aus, weißt du?«

Tom starrt sie an.

»Was ist? Stimmt doch. Du hättest sehen sollen, wie der so dastand und glotzte, und –«

Tom denkt intensiv nach. Was hatte der Chef über die Münchner Arbeitsgruppe und deren Publikation gesagt? Er überlegt fieberhaft. Irgendwas mit *kindlich…Potential*, schoss es ihm in den Kopf.

»Das ist es! Danke, danke, danke! Du bist ein Schatz! Sorry, ich muss mir das mal gerade notieren. Dass ich da nicht von selber drauf gekommen bin! Klar, gewissermaßen halb retardierte und halb avancierte Potentiale. Damit bekomme ich genau die Erklärung für das Muster, das mir soviel Kopfzerbrechen gemacht hat. Das ist einfach analog zur klassischen Elektrodynamik! Der Fall wäre gelöst. Super, los, noch mehr Fotos!«

Die Organisatoren von DACH haben am Nachmittag nach der erfreulich kurzen Ansprache von Regionalchef Kleinschmidt für die Darbietungen nach dem Motto *self confidence or make a fool out of you* in den riesigen, prachtvollen *ballroom* des Hotels geladen. Dort stehen eine Bühne mit Soundanlage und Spotscheinwerfern und natürlich eine Tanzfläche zur Verfügung.

Fionas und Toms erster Beitrag ist ein Ragtime One Step. Seine linke Hand fasst ihre rechte, seine rechte Hand liegt an ihrer Hüfte, ihre linke ruht auf seiner Schulter.

Fiona macht wie immer eine gute Figur, ihre Bewegungen sind geschmeidig und elegant. Jedenfalls, soweit sie sich unabhängig von ihrem Tanzpartner bewegen kann. Tom in seinen zu weiten schwarzen Hosen mit Hosenträgern und dem knappen Oberkellnerjäckchen über dem weißen Hemd schaukelt und watschelt über die Tanzfläche. Der Beifall unter herzlichem Gelächter zeigt, dass die slapstickartige, chaplineske Komik gut ankommt. Einen Sonderablaus bekommt Dr. Schulz für seine routinierte Klavierbegleitung.

»Der Liebe Leid und Freud in zwei Aufzügen«, kündigt Tom ihre zweite Darbietung an.
»*Les plaisir et les peines de l'amour*«, ergänzt Fiona.

Auf einer Bank etwas im Hintergrund spielen Fiona und Wolfgang, ein weißgrauer Senior aus Fionas Companyteam, ein prächtig gelauntes, und sehr verliebtes Paar.
»*Tout d'abord, l'infidélité des femmes*«, kündigt Fiona an.

Auf einem Hockerchen sitzend, trägt Tom mit weinerlicher Stimme sein Lied vor:

*Es soll sich der Minsch nicht mit der Liebe abjewen,*
*denn die Liebe hat verjiftet schon, so manchet junge Leben,*
*mich hat meine Louise die Treu aufjesaret,*
*das sei euch cheklaret,*
*tüderütütütü.*

*Nun smeckt mich kein Essen, nun smeckt mich kein Trinken,*
*ich möchte vor S`cham in die Erde versinken,*
*ich cheh auch nich mehr mit die anderen Knechte,*
*denn die Minschen sin so slechte,*
*tüderütütütü.*

*Und wenn ich chestorwen, dann lasst mich bechrawen,*
*und tut auch zwei Bretter und zwei Brettchen abs'chaben,*
*und auf meinen Chrabstein*

*da soll man dann lesen:*
*sie is treulos chewesen,*
*tüderütütütü.*

Das vom Gehörten deutlich erschütterte Publikum weiß offensichtlich nicht, ob es lachen oder weinen soll. Der Beifall ist minim, wie die Schweizer sagen.

»*Mais maintenant, le rendez-vous amoureux*!"
Wolfgang, der seine kleine Rolle mit sichtlichem Vergnügen gespielt hatte, bringt eine Bockleiter und Fiona steigt bereits so weit hoch, wie es noch sicher ist.

Tom:

*Hanken, komm mal vor de Dör,*
*komm mal'n bittken riut.*
*Woll'n mal'n bittken vom Freien kürn,*
*und du bist mine Briut.*
Da capo, schneller gesungen: *Hej, Hanken …*

Fiona:

*Dat schall ik wohl bliven laten,*
*wenn dat die Alske hört.*
*Alle Dören sin versloten,*
*ik kann ja nich heriut.*
Da capo: *Hej, …*

Tom:

*Schall ik mol die Leiter halen,*
*die achtern Hause steht.*
*Un zu dich ins Fenster kleddern,*

*mal sehen, wie's dich cheht?*
Da capo: *Hej, …*

Tom und Fiona:
*Als nun Heini bowen was,*
*da küssten sich die zwei.*

Tom steigt die Leiter zu Fiona hoch.
Sollten einige tatsächlich kein Deutsch verstehen, bekommen sie ausführlich gezeigt, um was es geht.
Etwas außer Atem singt das Paar weiter:
*Hanken s'chwor ihm ewge Treu,*
*bis dass die Nacht vorbei.*
Da capo: *Hej, …*

Die beiden herzen und küssen sich erneut. Ganz ungeniert knöpft Fiona zur hörbaren Erheiterung des Publikums bei ihrem Liebhaber die Hosenträger ab und öffnet Tom die viel zu weite Hose, die gerade noch so oben bleibt. Nach einer Weile legt Fiona die Rechte hinter die Ohrmuschel, spielt die Erschrockene und ruft: »*Ma mère!*«

Fiona:
*Als die Alske dat vernomm'*
*sprang sie aus'm Bette riut.*
*Euch soll doch der Deuwel haln,*
*gottverdammte Brut.*
Da capo: *Hej, …*

Tom und Fiona:
> *Hein nahm seine Siebensachen*
> *Und sprang aus'm Fenster riut.*
> *Büxen blief an Riegel hangen,*
> *un dat sah putzig ut!*
> Da capo: *Hej, …*

Nicht ganz textgetreu, lässt Tom beim Hinunterklettern seine Hose herunterrutschen. Als die beiden sich vor dem Publikum verbeugen, Tom in Boxershorts mit den Beinkleidern auf Halbmast, gibt es ganz anständigen Applaus.

Eine einzelne Frauenstimme ruft heiter: »*Allemagne, zéro points. Germany, zero points.* Und fährt fort: *Mais trois hourras pour le pianiste*!« Es gibt erneuten Beifall. Und Tom kommt einfach nicht drauf, wo er diese Frauenstimme schon einmal gehört hat.

Im Molokini Garden ist eine Bühne mit Beleuchtungsmasten, einer überdimensioniert wirkenden Lautsprecheranlage und Videoleinwand aufgebaut. Für die Gäste stehen auf der Rasenfläche vor der Bühne Klappstühle bereit. Auf einem riesigen aufgespannten Transparent kann man lesen, was doch alle wissen: *Winners' Circle 2010 The Cloudius Company.* Der Text ist mit zarten Wolkenumrissen unterlegt.

Bill McPherson, ein wirklich smarter Typ mit cooler Sonnenbrille und im dunkelblauen Maßanzug und einem in Rot, Rosa und Dunkelblau kleingemusterten Oberhemd ohne Krawatte, wobei das Dunkelblau des Hemdes die Anzugfarbe genau aufnimmt, schwingt sich gekonnt auf die

Bühne. Er besitzt ein klein wenig die Ausstrahlung eines typisch US-amerikanischen Superautoverkäufers.

»Was ist mit dem *dress code*?«, flüstert Tom Fiona zu.

»Na ja, er ist schon der *primus inter pares*«, erwidert sie.

Der Primus berichtet begeistert vom *double digit growth* im zu Ende gegangenen Geschäftsjahr, und es sei erneut *the best year ever* gewesen. DACH unter der Leitung von Michael Kleinschmidt zum Beispiel habe einen erstaunlichen Erfolg in einem *actually saturated market* erzielt.

Er betont auch, dass die Company wie in vergangenen Jahren wieder viele soziale Projekte weltweit unterstützt habe unter aktiver Beteiligung vieler *Cloudius*-Mitarbeiter. Mit der stolzen Verkündung, dieser *Winners' Circle* sei *the biggest event in the whole IT-industry* gibt er das Wort an die typisch indisch aussehende Dame, die nun nach vorne zum Mikrofon kommt. Sie erscheint in einem leuchtend orangefarbenen Sari.

»Tom, mach'n Mund zu. Rajashree, also Mrs. Mukherjee ist unsere *technology development* Verantwortliche. Toll, sieh nur, abgestimmt Orange und Dunkelblau, *a perfect match*, Feuer und Wasser, wie Hawaii.«

Tatsächlich, dies sei die größte Veranstaltung der ganzen Branche, greift die Rednerin die Worte ihres Vorredners auf. Die Company habe über dreieinhalb Tausend Personen auf die Insel gebracht. Viele *winners* hätten neben den Ehepartnern auch ihre Kinder mitgenommen. Sie lobt die ausgezeichnete Arbeit des *hospitality boards* im Hintergrund. Und auf der Insel habe man auch in diesem Jahr soziale Projekte unterstützt, so die Arbeit mit sozial benachteiligten Jugendlichen. Diese Tage seien für alle ein unvergessliches Erlebnis gewesen, *unforgetible*. Und, fügt sie hinzu, dieses

Wort kam Tom jedes Mal in den Sinn, wenn er an diese Tage dachte: »*This is addictive*!«

Nun dankt Bill allen für ihren großen Einsatz für die Company, ohne den dieser Erfolg nicht möglich gewesen sei. Diese Reise als Anerkennung dafür sei sicher unvergesslich, jedoch nicht notwendigerweise einmalig.

Auf dem großen Bildschirm startet ein Video. Man sieht glühende Lavaströme, die sich ins kochende, dampfende Meer ergießen. Dazu hört man eine tiefe Männerstimme mit einem durchaus bedrohlich wirkenden hawaiianischen Sprechgesang.

»*Next year*«, ruft er begeistert, »*we're going to Big island! Perhaps you will meet Pele, the volcano goddess*!«

Zum Abschluss betonen Bill und Rajashree, wie gut sie kooperieren könnten und wie sehr die Company von ihrer Doppelspitze profitiere.

Die Dämmerung hat bereits eingesetzt und die auf die Ansprachen folgende Show der Feuertänzer ist besonders effektvoll.

Darauf folgt ein Auftritt weiblicher und männlicher Hulatänzer. Sie stellen in ihrem Tanz den hawaiianischen Mythos von der Erschaffung der Welt, Polynesiens und der hawaiianischen Inseln dar. Teils treten nur die Frauen bzw. nur die Männer in Aktion, teils tanzen beide Geschlechter gemeinsam. Eine Erzählerin erläutert die Darstellungen.

Anschließend wendet man sich den kulinarischen Köstlichkeiten zu. Auch Tom und Fiona lassen es sich munden.

Während die Gäste es sich schmecken lassen, herrscht auf der Bühne emsige Aktivität.

Bill McPherson bittet noch einmal kurz um Gehör. Man habe doch einen Künstler für diesen Abend gewinnen können, den er nicht groß vorstellen müsse.

*»Ladies and Gentlemen, please welcome with me Mr. Jon Bon Jovi with his brand-new Circle Tour!«*

Die Klappstühle haben fleißige Hände bereits fortgeräumt und zu den Songs wird ausgelassen getanzt. Auch unten am Strand bei den *sand people*, denen die *company* somit ein Gratiskonzert eines Weltstars spendiert.

Neil Diamonds Leuchtdiamanten werden geschwungen, worauf Jon Bon Jovi mit dem Beginn von *Sweet Caroline* reagiert: ... *Hands, touchin' hands, reachin' out, touching me, touchin' you* ...Tom und Fiona lassen sich das nicht zweimal sagen.

»Hallo Fiona, hallo Tom«, ruft aus dem Getümmel der Tanzenden eine sehr attraktive, nicht mehr ganz junge Dame.

Sofort wird ihm klar, woher das dreifache Hoch auf den Klavierspieler kam. Nun sieht er auch Carl, gekleidet in eine Art 1870s *menswear*, wie sie der Western-Viehbaron in seinem Salon trägt. Die Schulzes tanzen ausgesprochen beschwingt und harmonisch miteinander.

Nach ein paar Minuten Pause drückt der Keyboarder die Tasten für den nächsten Song.

*»This ain't a song for the broken-hearted ...«*, verkündet Jon Bon Jovi.

*»This is gonna be our Maui-song, Fiona!«*, ruft Tom ihr zu. Fiona nickt im Rythmus des Songs.

»*It's my life, it's now or never, we gonna love forever*«, singen sie ihren eigenen Refrain.

Richtig ausgepowert, brauchen Tom und Fiona dann erst einmal eine Pause und ein Glas Sekt.

»Tom, du bist auf einmal so still.«

»Na ja, morgen ist Abreise. Schade. Der Traum ist zu Ende. Ich bin einfach ein bisschen melancholisch gestimmt. Ich habe das Gefühl, dass diese Fackeln heute Abend gar nicht mehr für uns brennen.«

»Nein, die leuchten für uns. Heute noch. Es ist alles für uns.«

Sie summt eine Melodie und singt dann leise: »*Give me your lips, the lips you only let me borrow, love me tonight and let the devil take tomorrow.*"

»Was summst du da?«

»Ach, *Kisss of Fire*, das ist ein altes Tangolied.«

Sie drückt ihn ganz fest an sich.

»Dieser Abend und diese Nacht gehören uns. Und ich brauch jetzt noch einen Sekt!«


Tom wendet sich kurz zu der in der Nähe stehenden Kellnerin, wieder in unscheinbarem Khaki, um.

»*Two more glasses of champagne, please!*"

Schon wieder Fiona zugewandt, nimmt er die Gläser entgegen.

»Tom! Was machst du denn auf Hawaii? Du siehst ja toll aus, großartig! Ich hab's ja immer gesagt. Nobel, nobel! Hast du im Lotto gewonnen?«

»Jenny! Aber wie kommst du, was machst du hier, ich dachte, du bist in Wyoming! So sieht dein großartiges Hotelbusiness also aus, kellnern?«

»Wieso Wyoming? Ach so, wegen dem Sven, ja nee, so ein blöder Macho, das war vielleicht ein Reinfall. Ist eine längere Geschichte. In dieser doofen Uniform sehe ich total unvorteilhaft aus, ich weiß. Du, ich muss hier weiterarbeiten, *I get* sonst *fired*, ich musste schon froh sein, diesen Job hier zu kriegen. Ich hab ein Zimmer in Kihei, hab mein Handy nicht dabei, ich geb dir schnell die Adresse, wir können dann reden. Jedenfalls, dass du mich suchst und tatsächlich ausfindig machst, hätte ich dir nicht zugetraut!«

Endlich hört Jenny auf zu reden!

»Nee, Irrtum, Jenny, von wegen, gesucht. Das ist nur ein irrer Zufall. Es ist aus, und zwar hast du mit mir Schluss gemacht, in drei Minuten, während du deinen Spind ausgeräumt hast, *remember*? Ich hätte nichts mit dir zu bereden, was nicht ein noch paar Jahre Zeit hätte!«


Fiona, die die Szene mitbekommen hat, steht zunächst da wie vom Donner gerührt.

»Wie war das nochmal, dein Freund Alex hatte dir geraten, Jenny nachzureisen? War doch so, oder?! Gratuliere, dann hast du sie ja jetzt gefunden!«

Jenny mustert die attraktive Frau an Toms Seite kurz. »Was, der Alex, die Idee ist gar nicht von dir? Sieht dir ähnlich. Aber willst du uns nicht einander vorstellen?«

Fiona ringt um Fassung und Tom ist vor Schreck noch einen Moment wie gelähmt. Erst muss er Jenny loswerden. So ein falsches Biest! Sich schnell auf eine unerwartete Situation einstellen, das kann sie, das muss er ihr lassen.

»Lass uns in Ruhe, verschwinde, sofort!«

Einige der anderen Gäste um sie herum sind aufmerksam geworden, sie flüstern sich gestikulierend leise etwas zu und zeigen auf die kleine Gruppe. Einige glauben offenbar, dass es sich hier um eine Fortsetzung vom Nachmittag handeln könnte.

Die denken vermutlich, dass wir einen dritten Akt spielen, überlegt nun auch Tom.

»*Off you go, hit the road, Jenne, get lost or my friends and I take care that you get fired immediately, on the spot!* Das heißt, dass du auf der Stelle gefeuert wirst!«

Das gibt genügend ausgelassenen, schon etwas beschwipsten Beifall. »*You get fired*«, rufen sie. Jenny murmelt eine Beschimpfung und geht.

Fiona ist nun äußerlich wieder ruhig.

»Wie war das, es kommt darauf an, sich an die Regeln zu halten? So sagtest du doch, oder? Ehrlich in einer Beziehung zu sein, gehört das für dich nicht zu den Grundregeln?«

»Doch, natürlich. Bitte hör mir einen Moment zu, bitte!«

Fiona macht eine wegwerfende Handbewegung.

»Sag es jetzt, wenn du was zu sagen hast.« Sie blickt ihn jedoch nicht an.

Tom hat sich wieder im Griff. Er meint, dass Fiona eher traurig als kalt und schneidend gesprochen hat. Das gibt ihm etwas Hoffnung.

»Das mit Wyoming war mein Fehler, das hatte ich fälschlicherweise angenommen. Alex hatte nur erzählt, dass sein Mitbewohner seiner Freundin nachgereist ist. Und nicht vorgeschlagen, dass ich Jenny nachreisen soll, sondern einfach mal spontan verreisen sollte, eben mit dem Nachtzug nach Lissabon.«

»Heilbronn«, sagt Fiona.

Sie hört mir zu, gut, denkt es in Tom.

»Eben, und dann wäre ich ja in Wyoming«, fällt ihm ein.

»So, war's das?«

Tom überlegt und entscheidet sich.

»Was kann ich tun, um dir zu beweisen, dass ich es mit uns Ernst meine? Willst du mich heiraten, Fiona? Mit Ehevertrag, ich verzichte auf alles im Falle einer Scheidung. Dein Vater kann den Vertrag aufsetzen. Willst du das schriftlich? Einen *Letter of Intent* oder wie ihr das nennt?«

Tom spricht laut und klar. Die Umstehenden werden wieder aufmerksamer.

»*Will you marry me*, Fiona? »*Tu veut me* äh *matrimonier?*«, was Heiterkeit bei den Frankophonen auslöst.

Viele Blicke sind nun auf das Paar gerichtet.


Vom Tisch der Führungsriege der *Cloudius* ist Bill McPherson aufgestanden. Er schwingt sich wieder elegant auf die Bühne, greift zum Mikro:

»*Fiona, you should listen to this young man, really. To listen and talk is the very basis of a working matrimony, as my dear wife will confirm.*«

»*Yeah, it is, definitely!*«, ruft eine helle, sehr sympathische Frauenstimme.

»*And just look around, you have hundreds of witnesses, and my wife is a cunning lawyer, if need be.*«

Bill hat nun Carl Schulz auf die Bühne gezogen.

*Dear friends, chers amis, and now we all leave the young couple in peace, nous voulons laisser notre amoureux tranquilles.*«

Zumindest scheint durch alle diese Maßnahmen Fionas Zorn verschwunden zu sein.


»Schon wieder eine Überraschung von dir, Thomas. Erst taucht Jenny wie aus dem Nichts auf und dann machst du mir einen Antrag. Mit so einem *commitment* habe ich echt nicht gerechnet. Wirklich, du bist einer. Was soll ich denn jetzt mit dir machen?«

»Also ich würde mir jetzt sehr, sehr wünschen, dass ich deine Hand nehmen darf und dass wir beide dann zu unserer Bank in der Lavamauer gehen. Die schwarzen Steine sind bestimmt noch schön warm von der Sonne des Tages.«

»Das sind sie bestimmt.«

Tom hofft und Fiona denkt nach.

»Tom, ich muss morgen sehr früh aufstehen, unser Team hat einen ganz frühen Flug. Ich muss jetzt gehen. Mach's gut.«

Tom ist klar, dass es keinen Sinn hätte, hinter ihr herzulaufen und an ihre Zimmertür zu klopfen. Sich zusammenreißen, *Contenance* zeigen, würde Fiona vielleicht sagen, und schon erfasst ihn wieder heftig das Gefühl von Verlust und Trauer in der Magengrube.

Er geht zur Tanzfläche und hält nach den Schulzes Ausschau. Als die seiner gewahr werden, kommen Lydia und Carl gut gelaunt auf ihn zu.

Etwas förmlich und steif begrüßt Tom zuerst Mrs. Schulz, fragt nach dem werten Befinden, bedankt sich für die Ehre, dass er sie gewissermaßen vertreten durfte und fragt, ob er für die letzte Nacht sein Zimmer zu räumen hätte. Was natürlich nicht der Fall ist.

Dann begrüßt er Dr. Schulz und dankt für die verständnisvollen Worte an das Publikum.

»Sie haben offenbar eine kleine Krise in der Liebe. Es muntert Sie hoffentlich auf, zu erfahren, dass Ihre Bewerbung bei uns sehr positiv aufgenommen werden wird!«

»Ich bedanke mich noch einmal für alles, was Sie für mich getan haben, Dr. Schulz. Und vielleicht könnten Sie auch Herrn McPherson meinen Dank übermitteln.«

»Genau, Carl, geh du mal zu Bill und Shannon und tu wie dir geheißen, denn Tom benötigt jetzt erst einmal einen ordentlichen Drink.«

»Na, dann entlasse ich Sie in die Obhut meiner Frau.«

»Gehen wir doch an die Bar, Tom«, sagt Mrs. Schulz. »Ich schätze es übrigens, dass Sie Mrs. Schulz und nicht Frau Schulz sagen. Für heute Abend aber bitte Lydia. Und ich darf doch Tom zu dir sagen? Wir, also Carl und ich, kennen die Thibaults schon lange. Fiona ist wirklich eine ganz tolle, selbstbewusste junge Frau, die eigentlich ganz gut weiß, was sie will. Sie findet intelligente Männer anziehend, wie ich übrigens auch. Und dass du einen guten Geschmack bei Frauen hast, weiß ich ja schon seit LA. Wenn du magst, erzähl mir doch mal, was schief gegangen ist!«

# TAG 6

Toms Rückflug findet erst am späten Nachmittag dieses Samstags statt.

Wie am ersten Tag und bei der Fototour mit Fiona geht er alles noch einmal ab. Er hat dazugelernt. Die zutraulichen Vögel mit der gebänderten Befiederung heißen Sperbertäubchen. Da hinten, malerisch auf dem Solitärbaum am Ufer, der weiße Vogel, das ist ein Kuhreiher. Die Futterbettler, die er gleich beim ersten Frühstück kennengelernt hatte, heißen Hirtenmaina. »Die gehören zu den Staren, daher heißt dieser Vogel auch Hirtenstar«, hatte Fiona ihn informiert. »Die fühlen sich in urbaner Umgebung sehr wohl.«

Tom sucht auch das *blowhole* auf, das aber nicht aktiv werden mag. Fiona mit ihrem Examen in Geographie wusste, dass man auf Deutsch auch Brandungsgeysir sagt. Und dann bleibt er sehr lange auf der Bank in der Nische vor der Lavamauer sitzen.

Ich könnte noch altmodische Ansichtskarten von Maui verschicken, quasi zum Beweis, dass ich wirklich hier war, denkt Tom. Wer sollte welche bekommen? Frau Mundt, die Vermieterin, seine Tante, die Schwester seines Vaters und ihr Mann, Onkel Robert. Der hatte ein Installateurgeschäft und stellte sich gerne als selbständigen Gefäßchirurgen vor. Ob Fiona das lustig gefunden hätte?, muss er sich fragen.

Auch für seine Kusine und dann noch die alten Freunden aus der Schulzeit. Für die Kollegen in der Uni sollte seine Mauireise nicht bekannt werden.

Für sich kauft er als Souvenirs eine Hulafigur fürs Auto, ein tanzendes Mädchen, *made in China* und eine massive, schwere Haleakalā-Nationalpark-Gedenkmünze aus Bronze. Und wie um dem Schicksal ein bisschen zu trotzen, eine zweite solche Münze für Fiona und dann läuft er los zu dem Kunsthandwerksatelier in den *Shops at Wailea*, vor dem er mit Fiona gestanden hatte und kauft die zwei Kupferplatten mit ausgestanzten Inselreliefs, welche ihnen beiden so gut gefallen hatten und die durch die unterschiedliche Bearbeitung der Oberflächen einen je eigenen Charakter haben. *»As a couple you should buy two and moreover, then you can call yourselves collectors!«*, hatte der Künstler gesagt.

Die Maschine von Hawaiian Airlines mit der blütengeschmückten Polynesierin auf dem Seitenruder fliegt Tom von der Insel nach Honululu, noch bevor unten im Hotelgarten das Hornsignal ertönt, und ein junger Polynesier mit einer Blätterkrone auf dem Haupt, Halsschmuck, bloßem, muskulösem Oberkörper und einem langen Rock aus grünen Blattstreifen losläuft und die Fackeln für die Gäste entzündet.

# WIEDER IN DEUTSCHLAND

Tagebuch? Was hatte Fiona wohl zu ihrer ersten Begegnung beim *come together* in ihr Tagebuch geschrieben? Als er den Leuchtklunker in der Hosentasche hatte. Und zu all den anderen gemeinsamen Erlebnissen?

Während der langen Rückreise beginnt Tom, sich auf altmodischen Cellulosedatenträgern mit American-Airlines-Logo Notizen zu machen. Wo soll ich beginnen? In der Cafeteria, als Jenny Knall auf Fall mit mir Schluss machte. Eine typische Szene steht am Anfang: *Die Juristen kloppen wieder lautstark Karten. Und das schon seit heute Morgen. Dieselbe Truppe. Müssen die nicht auch mal was studieren? ...*

Nach insgesamt 36 Stunden in Flugzeugen, Warteschlangen, Wartezonen und an Schaltern wird Tom total erledigt gegen acht Uhr am Montagmorgen von uninteressierten, müden Beamten, deren Schichtwechsel offenbar unmittelbar bevorsteht, durch den deutschen Zoll gewinkt.

Dann sendet er Fiona eine SMS. Zunächst eine. Seine Worte sollen ehrlich sein, aber nicht abgedroschen und kitschig wirken. »Hallo Fiona. Hoffentlich hattest du einen guten Flug und bist du gesund zu Hause angekommen.«

Das war leicht. Etwas Originelles will ihm nicht einfallen.
»Etwas Originelles will mir nicht einfallen. Meine Liebe …«
Und aufgeregt und übermüdet wie er ist, vertippt er sich
und abgeschickt ist die SMS.

»Sorry, es kommt noch was. Fiona, ich bin total verliebt
in dich. Mit allem, was dazugehört. Wie du dich auch ent-
scheidest, diese fünf Tage, in denen du in meinem Leben
warst, haben mich sehr glücklich gemacht. Dein Tom.«

Noch etwas fällt ihm ein: »Und sollten wir jemals wieder
zusammen auf Hawaii sein, lasse ich mich tätowieren. So
ein lebendiges, blaues Linienmuster, wie der Ozean!«

Und dann eine letzte Nachricht: »Ich stehe zu meinem
Eheversprechen. Ich wünsche mir, dass wir solange zu-
sammenbleiben, bis ich nicht nur verliebt bin, sondern dich
liebe. Kann's nicht anders ausdrücken. Dein Tom.«


Irgendwie schafft er es, pünktlich zur vorgesehenen Be-
sprechung im Seminarraum seiner Arbeitsgruppe zu erscheinen.

Die Kollegen und Tom tragen also ihre Ergebnisse vor.
Tom ist immer noch stolz auf das nun gelöste Rätsel. Der
Chef meint nur nach kurzem Nachdenken: »Ja natürlich
ist das die Erklärung. Das hat aber lange gedauert, bis Sie
darauf gekommen sind.«

Du mich auch, denkt Tom nur.

»Na, jedenfalls, steht ihrer zügigen Promotion nun nichts
mehr im Wege, Herr Windmann. Noch im März, ist Ihnen
das recht?«

Wenn du wüsstest, wie recht mir das ist, denkt Tom. Der
nickt nur heftig.

»Der Dekan interessiert sich momentan für kritische

Phänomene. Ich denke, es wäre vorteilhaft, wenn sie dazu eine Brücke schlagen könnten, nicht wahr?«

»Ja, vielen Dank für den Hinweis, Herr Schmidt.«

Schmidt mustert seinen Doktoranden plötzlich etwas misstrauisch.

Der ist nicht unvorbereitet und lächelt.

»Meine Hausärztin riet mir, weil ich doch bei diesem Mistwetter ständig erkältet bin, die letzte Woche war gar nichts mit mir los, ins Solarium zu gehen, wegen dem Vitamin D, das soll gut für die Abwehrkräfte sein, nich?«

»Wegen des Vitamins«, korrigiert der Herr Professor. »Und, hilft es denn?«

»Nein, ich glaube nicht, ich fühle mich schon wieder fiebrig.«

»Ehrlich Tom«, ergänzt Lars Rüter, »du siehst aus, als hättest du zwei Nächte nicht geschlafen.«

Professor Schmidt nickt: »Herr Windmann, dann bleiben Sie morgen am besten daheim, bevor Sie uns hier noch alle anstecken! Ab nach Hause mit Ihnen!«

Als wäre das alles nie passiert, als wäre ich letzte Woche nicht auf Maui gewesen, denkt Tom. Den Kollegen hatte er gesagt, er habe dann doch nicht den Nachtzug nach Lissabon genommen, sondern habe ein paar stille Tage zu Hause verbracht, versucht, sich auszukurieren und so gut wie möglich an seiner Dissertation gearbeitet. Die hatten auch nicht weiter nachgefragt. Nur Alex hatte beim Stichwort *Lissabon* erfreut aufgeblickt und Tom zufrieden zugenickt.

Es ist immer noch kalt und der Radweg immer noch unter dem aufgeschobenen Schnee oder den parkenden Autos verschwunden. Immerhin hat Frau Mundt in seiner Wohnung die Heizung aufgedreht und einen Korb mit Lebensmitteln hingestellt. Und der Anrufbeantworter blinkt.

»Hallo Tom. Für dein Vorstellungsgespräch übernachtest du selbstverständlich bei mir. Ich wohne ja nicht weit vom Headquarter Deutschland entfernt und ich habe ein großes, gemütliches Gästezimmer. Wir haben jede Menge Zeit, um uns endlich richtig kennenzulernen! Zeit zum Beispiel auch für nonverbale Kommunikation. Kerzen hätte ich da. Und ich könnte nachsehen, irgendwo müsste ich auch noch ein Duftlämpchen haben, falls gewünscht. Dann werde ich dir auch übersetzen, um was es bei *Je t'aime* geht. Und mit Katzen kommst du ja klar. Denn mich gibt's nur mit Katzen!«

Er verzehrt geistesabwesend eine Feige und ein paar Spekulatius. Dann legt er sich aufs Sofa und ist schon eingeschlafen. Und träumt.

# DANKSAGUNG

Mein Dank gilt vor allem meiner Frau, durch die ich diesen unvergesslichen Aufenthalt auf Maui so intensiv erlebt habe, Andreas und Selina für ihre Korrekturen und Verbesserungsvorschläge, Michael für seine Hinweise zu Robert Zwanzig, partiellen DGL und GPU-Programming und *last but not least* der »*Cloudius* Company« für ihre Großzügigkeit, jeweils noch einen *special guest* einzuladen.

Thorsten Wilms, Dr. rer. nat., Präzisionssportler, verheiratet, zwei Kangals, lebt inmitten von Reben und Rüben auf einer Hofreite irgendwo zwischen Mainz und Worms.